星际神思者

刘慈欣　著作

吴言　选编

中国出版集团
中译出版社

图书在版编目（CIP）数据

星际神思者 / 刘慈欣著；吴言选编. -- 北京：中译出版社，2021.6

（文学里的中国·当代经典书系）
ISBN 978-7-5001-6633-7

Ⅰ. ①星… Ⅱ. ①刘… ②吴… Ⅲ. ①幻想小说－中篇小说－小说集－中国－当代②幻想小说－短篇小说－小说集－中国－当代 Ⅳ. ①I247.7

中国版本图书馆CIP数据核字(2021)第092722号

出版发行 / 中译出版社
地　　址 / 北京市西城区车公庄大街甲4号物华大厦6层
电　　话 /（010）68359303，68359827（发行部），68358224（编辑部）
邮　　编 / 100044
传　　真 /（010）68357870
电子邮箱 / book@ctph.com.cn
网　　址 / http://www.ctph.com.cn

出 版 人 / 乔卫兵
总 策 划 / 张高里　刘永淳
特邀策划 / 王红旗
策划编辑 / 范　伟　张孟桥
责任编辑 / 范　伟　张孟桥
文字编辑 / 张若琳　吕百灵　孙莳麦
营销编辑 / 曾　頔　郑　南
封面设计 / 柒拾叁号工作室

排　　版 / 柒拾叁号工作室
印　　刷 / 北京顶佳世纪印刷有限公司
经　　销 / 新华书店

规　　格 / 787mm × 1092mm　1/32
印　　张 / 8.25
字　　数 / 130千字
版　　次 / 2021年6月第一版
印　　次 / 2021年6月第一次

ISBN 978-7-5001-6633-7　　定价：49.00元

作者

刘慈欣

1963年6月出生于北京，祖籍河南省信阳市罗山，现居山西阳泉。1985年毕业于华北水利水电学院，高级工程师，中国科幻小说代表作家之一。中国作家协会会员、第九届全委会委员，中国科普作家协会会员，山西省作家协会副主席，阳泉市作家协会副主席。代表作品有长篇小说《三体》系列三部曲、《球状闪电》等，中篇小说《流浪地球》《乡村教师》《全频带阻塞干扰》《诗云》等。

作品蝉联1999—2006年中国科幻小说银河奖，2010年赵树理文学奖，2011年《当代》年度长篇小说五佳第三名，2011年华语科幻星云奖最佳长篇小说奖，2010、2011年华语科幻星云奖最佳科幻作家奖，2012年人民文学柔石奖短篇小说金奖，2013年首届西湖类型文学奖金奖、第九届全国优秀儿童文学奖。

2015年8月，凭借《三体》获第七十三届世界科幻大会颁发的雨果奖最佳长篇小说奖，为亚洲首次获奖。2017年6月，凭借《三体Ⅲ·死神永生》获轨迹奖最佳长篇科幻小说奖。2018年11月，获2018年克拉克想象力服务社会奖 。

2019年2月，刘慈欣作品改编电影《流浪地球》上映，取得46亿票房佳绩。2019年9月，刘慈欣长篇小说《三体》入选“新中国70年70部长篇小说典藏”。

选编者

吴言

本名李毓玲，计算机工程师，金融从业者。中国作家协会会员，中国文艺评论家协会会员，中国金融作协理事，山西省作协首届签约评论家。作品见于《当代作家评论》《南方文坛》《光明日报》《文艺报》等，著有文学评论集《灵魂的相遇》。《同宇宙重新建立连接——刘慈欣综论》获 2012—2015 年度赵树理文学奖。

目录

导言——刘慈欣的科幻文学

吴言

1963年出生的人，在大的时间节点上可以说是幸运的——既避开了三年困难时期带来的粮食短缺、营养不良对身体造成的伤害，也有机会接受正规的大学教育。刘慈欣正是如此。那个时代的精神生活同物质一样贫乏，但也培养了很多人对阅读的热爱，使他们获得了最初的文学启蒙。刘慈欣也因此成为一名科幻作家。

但是成长过程不可避免地受到时代的冲击。刘慈欣出生后三年，“文革”爆发，刘慈欣的家庭受到冲击，被迫从出生地北京下放到山西阳泉的煤矿。他的童年经常在故乡河南和山西之间迁徙，两地风俗在成长中交汇。煤城阳泉的矿区是独立区域，矿区本身也是一种移民文化，所以刘慈欣自有一种不同于本土的精神气质。

童年时，父亲从北京带回来的一箱书，因为禁忌反而激发了刘慈欣阅读的渴望。他翻着字典读那些俄罗斯文学经典，竖版繁体字也无师自通，读得身心沉迷。读到凡尔纳的《地心游记》，如果不是父亲告诉他这是科幻小说，他以为书中的一切都是真的。从那时起，刘慈欣就被这类小说深深吸引，甚至觉得自己“生下来就是看科幻的”，从此成为一个科幻迷。

1981年，国门初开，当刘慈欣读到阿瑟·克拉克的《2001太空漫游》时，星空开始焕发异彩，他感受到了星空的召唤。克拉克描绘的空灵的意境带给他凡尔纳的大机器所没有的诗意,他认定了这才是自己心目中的科幻文学，这一理念一直延续至今，不曾改变。

1983年，科幻文学被当作“精神污染”清除，科幻作品销声匿迹。刘慈欣感到恐慌和失落。为了看科幻小说，他只能去北京的外文书店，带着一本英汉词典站着看原版作品，这促成了他对英语的熟练掌握。20世纪80年代中期，计算机技术开始兴起。刘慈欣大学的专业并不是计算机，但像这个行业很多 IT 男一样，对这一技术的痴迷没有因专业而减损，反而因兴趣而倍增。他沉迷于编程，除了工作需要的燃料管理软件，还在业余编制了每秒产几百行诗的电子诗人，还编过模拟星空文明演化的模型。实际上，在那个时代掌握英语和计算机技术的人，已经赢得了某种先机。1995 年，互联网进入中国，刘慈欣因工作性质自然成为最早的用户，这使得他虽偏于一隅，仍得以同更广阔的世界连接，为他以后的科幻创作提供了重要助力。当他身处太行山麓下的偏僻小城，第一次借助互联网跨越重洋，看到美洲大陆最新出版的科幻小说时，灰色的现实已经照进了科幻的第一缕阳光。

20 世纪 80 年代，全社会的文学热潮也在刘慈欣身上留下了印记。出于对科幻的热爱，也受时潮影响，他也加入到写小说的时代大军中。在初中阶段就开始投稿，虽然作品一直没有发表，但他一直没有停止过科幻小说的写作。除了短篇小说，在 20 世纪 90 年代初，他甚至写了两部长篇小说，即后来出版的《超新星纪元》和从未出版的《中国 2185》。也就是说，他的科幻创作很早就已经开始，他的文学训练也一直持续着。

时至1999年，成都的《科幻世界》举办“硬科幻”征文，他终于投出了自己的五篇短篇小说，并全部被采用，他成为被发现和挖掘的新人。这一年杂志社邀请他参加笔会，当时杂志的主编、作家阿来请来《小说选刊》的编辑冯敏为科幻作者授课，他的观点是科幻小说应该在文学和科学幻想上取得某种平衡，令此前对现实全无兴趣的刘慈欣受到启发。他开始主动调整自己的科幻创作方向。

就这样，经过二十年的积累，在阅读储备、文学训练、创作方向上，刘慈欣已经准备好了自己，新世纪中国最重要的科幻作家终于登场了。

从2000年开始，刘慈欣进入自己的黄金十年创作期，他迄今为止最重要的作品全部发表于这十年。这些作品首先以中短篇的形式集结发表。2000年刘慈欣发表了《流浪地球》，首次尝试用他后期总结的“宏细节”进行叙事，即将宏观的大历史作为细节来描写。这一年也是刘慈欣探索科幻小说形式最活跃的一年，他做了大胆的尝试，开创了“现实+科幻”的小说创作模式，写出了两篇重要的代表作品《乡村教师》和《全频带阻塞干扰》，现实主义在科幻中产生了核裂变般的力量，带给人无比的震撼。

此后，刘慈欣开始在成都《科幻世界》这一平台上匀速地投放自己的中短篇作品，每年两至五篇不等，也开启了他连续八年获得中国科幻银河奖的历程。2001 年银河奖变更了评奖规则，一位作家可以有多篇作品获奖，于是刘慈欣连续四年有两篇以上作品获奖,其中两年更是有三篇，成为银河奖历史上获奖最多的作家之一，也是获奖最密集的作家。

这期间刘慈欣在科幻小说的题材方面做了全方位的尝试。他的小说可以在世界范围内任意驰骋，也可以在寰宇之中肆意翱翔；既有纯粹的科学幻想，也有对现实社会的关注；既有对文明形而上的思考，也有科技应用的具体场景；既能关注中国的乡村，也能聚焦局部战争热点；既有基因技术的极端应用，也有体育竞技代替战争的善良愿望；写作范围上可达联合国，下可至贫民窟……总之，在他的三十多篇中短篇小说中，题材的丰富程度是传统文学无法并论的。

在小说技法上,刘慈欣也做了全方位的探索。其中有《流浪地球》的“宏细节”断代叙事，也有《中国太阳》的线性叙事，有《全频带阻塞干扰》这样的多角度分镜头切换；还有《乡村教师》中的双线衔接并进叙事；《地球大炮》

和《赡养人类》中穿插了倒叙手法，《光荣与梦想》则有意识流的影子，更具现代主义色彩。

在生活中刘慈欣是长跑选手，在科幻上他也更适合长篇小说的创作。在写作中短篇小说的同时，他的长篇创作也在同时进行着，只是科幻长篇的出版更多取决于市场，需要等待出版机会。2000 年，在调整了创作方向后，刘慈欣写出了《球状闪电》的初稿，这是他在长篇小说中第一次同现实产生关联。这部作品的创作中，他已显露出了不满足于在西方科幻小说创造的世界中演绎故事的雄心。既然还不具备创造中国科幻世界的能力，那就先创造一个中国的科幻物体，于是就有了“球状闪电”这样一个非人的科幻形象，并将其置为小说的核心。这同以人物为核心的主流文学已经各自踏上了分岔的小径。

在 2000 年，除了《球状闪电》，他还完成了一部小长篇《魔鬼积木》，对刚起步的基因技术予以关注。这部作品不太被人提及，最终是以儿童文学形式出版的，其内容却相当超前。2001 年，因为有了出版长篇小说的机会，他对自己十年前创作的长篇小说《超新星纪元》进行了大的修改，前后五易其稿，于 2003 年出版。虽然它被划归为儿童文学作品，但其内涵和想象远远超出一般的儿童文学作品，是刘慈欣早期最满意的作品。也许当时儿童文学更有市场，而科幻和儿童文学又有某种天然的联系，刘慈欣接着在 2003 年创作了一部科幻童话《白垩纪往事》，主人公是恐龙和蚂蚁，却蕴含了整个人类文明的发展史，使作品的思想性远超童话范畴。2004 年，刘慈欣又完成了《球状闪电》的修改并出版，此时他的思想和技法更加成熟，最终《球状闪电》完成度非常高，现在被称为“三体前传”。

刘慈欣在新世纪的十年创作中，也有一个明显的分水岭，那就是 2005 年。这一年他完成了中篇小说“赡养系列”后，中短篇小说的创作告一段落，全力进入《三体》系列的创作中。经过前期的中短篇小说和多部长篇小说的实践探索，刘慈欣自身已经具备了写出代表作品的功力，他也积累了一定的知名度和稳定的读者群。科幻长篇小说出版市场转暖，《科幻世界》杂志社也有意打造中国科幻基石丛书，以实现科幻从杂志到畅销书的转型。内外部条件已经成熟，创作一部重量级系列科幻作品的时机已然来临。

在《三体》系列中，刘慈欣开始构建自己的科幻理想，要创造属于自己的、中国的科幻世界。这个世界一定要有地外文明，刘慈欣很自然地联想到三体星系。在天文学上，距离太阳系最近的恒星系是4.5光年外的半人马座比邻星，它经常出现在科幻作品中，在刘慈欣的《超新星纪元》和《流浪地球》中也出现过，它本身就是一个三星系统。在天文物理学上，三颗质量相当的恒星会构建成一个混沌系统，这个系统极不稳定，科学家、数学家们经过多年的探求，确定了三体问题无解。这样的系统不太可能孕育出生命和文明，但在科幻上却有很大的想象空间，刘慈欣借此构建了三体文明。这个文明因为酷烈的生存环境，只能向星系外扩张。刘慈欣围绕这一核心设想展开了中国的科幻故事。

在写作第一部时，科幻界和刘慈欣本人都在做着扩大科幻读者群和影响力的探索。在中国这样现世情结浓厚、以现实主义为主流的文学传统中，在科幻中加重现实成分是有必要的。刘慈欣将《三体》系列的故事起点大胆地安置在了“文革”的历史中。在当时的冷战背景下，两个超级大国在太空开发上展开竞赛，中国也未放弃对太空的探索。主人公因为“文革”受到迫害，将拯救地球文明的希望寄托在地外文明上，决绝地向太空发射了地球的信息。这个信息被三体世界截获，于是，在广袤的太空中，两个点状的文明相遇了。对三体世界的描绘，刘慈欣凭借自己超凡的想象力，借助电脑游戏演绎了三体世界的文明进程。

在游戏中，嵌套了人类文明发展史和科学史，用读者熟悉的文学符号，演绎了一个无法想象的异世界。《三体》第一部为这个系列的大厦奠定了一个合乎逻辑的现实基础。这一部完成于 2006 年 2 月，为扩大影响，从 2006 年 6 月开始在《科幻杂志》上连载 8 期，杂志一时洛阳纸贵。

在《三体》系列第二部《三体Ⅱ：黑暗森林》中，通过两个文明的对决揭示了宇宙的黑暗森林状态。构建一个不同于现实世界的科幻世界需要进行世界界定，以确定这个世界的基本框架和运行准则，刘慈欣提出了“宇宙文明公理”和“黑暗森林法则”。于是，一个属于刘慈欣的完整科幻世界就此诞生，一个具有中国色彩的宇宙模型初次确立。它重新唤醒了中国人的宇宙观，在世界范围内引发共鸣。在“去全球化”的逆流中，人类社会一定能从这一宇宙模型寻找到现实的隐喻，黑暗森林状态下没有哪个文明可以独善其身，它警醒人类光明才是宇宙的希望所在。在这一部中，刘慈欣创造了后来广为流传的“面壁计划”和“面壁者”，使得整部书极具东方色彩，悬念迭起。《三体Ⅱ：黑暗森林》于 2007 年 11 月完成，2008 年 5 月出版，受到科幻迷热切追捧，评论界也给予极高的评价，几年后成为流传最广的一部。

《三体》前两部取得成功后，刘慈欣和出版方都认为第三部不大可能再继续这种趋势。中断一年多后，刘慈欣投入到第三部《三体Ⅲ：死神永生》的创作中。他抛开了对市场的考虑，写出了自己心目中真正追求的科幻小说。刘慈欣曾说，最高的科幻是改变宇宙规律。他这样的雄心在《死神永生》中得到充分展现，他将核心科幻创意设置在时间和空间上，在时间的维度上，已经触摸到了永恒的边缘，在空间维度上，则是触碰到了宇宙的起始与终结，逼近了宇宙的真相。这一部中密集的科幻创意，像粒子风暴般扑面而来，让整个宇宙归零重启的创世气魄极具震撼力。第三部2010年9月完成，同年11月出版，至此，《三体》系列全部完成。出乎意料，正是《死神永生》点燃了市场，《三体》系列的规模效应逐渐显现，成为中国科幻史上第一部畅销书，成就了中国科幻的里程碑。

在完成《死神永生》后，刘慈欣写了一篇重要的文论《重返伊甸园——科幻创作十年回顾》，他将自己的科幻创作分为三个阶段：纯科幻阶段、人与自然阶段和社会实验阶段。纯科幻阶段的代表作有《诗云》《梦之海》，人与自然阶段的代表作有《三体》《流浪地球》《乡村教师》《全频带阻塞干扰》等。虽然他认为社会实验阶段的方向是不正确的，并非自己的科幻理想，但在这个阶段仍有优秀的作品，如长篇《超新星纪元》和《黑暗森林》，中篇《赡养上帝》《赡养人类》等。第三部《三体Ⅲ：死神永生》则可归入第一、第二阶段，是这两个阶段的集大成者。

实际上，刘慈欣的科幻历程也可划分为三个阶段，即准备阶段、创作阶段和传播阶段，三个阶段均能以十年划分。2010 年创作完成《三体Ⅲ：死神永生》后，刘慈欣的作品体系已经相对完整，涵盖了中短篇小说、长篇小说、代表作和文论。在此后的十年，则是进入传播领域的十年。

“我毫不怀疑，这个人单枪匹马，把中国科幻文学提升到了世界级的水平。”复旦大学严锋教授对刘慈欣的这个论断传播最广，也被人引用最多。严锋做这个论断是在 2009 年初，第二部《三体Ⅱ：黑暗森林》出版后，那时《三体》系列还没有全部完成。这显然是文学评论史上极为成功的预言，此后的获奖和畅销得以充分印证。

海外文学评论界对刘慈欣的关注较早。也是通过严锋的推介，美国的华语文学研究者关注到了刘慈欣。2011 年，哈佛大学教授王德威在北大做了《从鲁迅到刘慈欣》的文学讲座。也许远隔重洋，不在文学现场，对中国文学的远观便于做各种排列组合。他是从科幻文学的角度将鲁迅和刘慈欣相提并论，当时文学界并不一定能接受这样的观点，但也说明了科幻文学应该引起学界的重视和尊重。

2012 年，主流文学最重要的刊物《人民文学》选登了刘慈欣的四篇小说。这是时隔三十年后科幻文学再次登上主流文学刊物。这四篇小说是《微纪元》《诗云》《梦之海》《赡养上帝》，属于“纯科幻阶段”和“社会实验阶段”的作品。当时的《人民文学》主编李敬泽评论它“注意到了科幻小说的兴起，注意到它提供的心得视野。对于纯文学来说，这构成了充分的张力”。

《三体》系列问世后，就开启了它的获奖历程。2013 年 7 月，《三体Ⅲ：死神永生》获得了第九届全国优秀儿童文学奖。2013 年 8 月，《三体》英文版正式签约美国托尔出版社，2014 年 11 月在美国正式发售。2015 年 8 月 23 日，在美国举行的第七十三届世界科幻大会上，《三体》获得最佳长篇故事奖，是非英语作品第一次获奖，也是亚洲人第一次获奖，标志着中国科幻达到了世界水平。

科幻文学是一种更适合于画面呈现的类型文学，科幻电影本身也是电影中最重要的类别。科幻电影的制作体现着一个国家电影业的整体工业化水平，需要技术的积累和突破。中国科幻界一直致力于科幻产业链的建设，推进科幻利润中心从畅销书向电影转化，电影界也在做着拍摄科幻电影的探索。经过艰苦的努力，根据刘慈欣中篇小说《流浪地球》改编的同名科幻电影在 2019 年春节上映，一举创造了 46 亿元的票房佳绩，并夺得第三十二届金鸡奖最佳故事片奖。中国电影科幻元年终于隆重开场。刘慈欣又一次实现了自己的梦想，科幻文学曾经改变了他的世界，现在他用自己的科幻文学影响着世界。刘慈欣的科幻历程阐释了这样的宇宙公理：宇宙是希望和梦想的不竭源泉，一个人一定要仰望星空，人类只有在对宇宙的探索中才能寻找到永恒。

刘慈欣创作谈：

《流浪地球》是为1999年成都《科幻世界》笔会写的小说。在《流浪地球》中，第一次把宏观的大历史作为细节来描写，即本人后来总结的“宏细节”，使得对历史的大框架叙述成为小说的主体，这是幻想文学独有的叙事模式，在描写现实的主流文学中是不可能出现的。

对于小说中的人类逃亡，从科幻或科学角度讲，我是百分之百的飞船派，因为推进地球的能量绝大部分消耗在无用的荷载上，也就是构成行星的地壳内部的物质，这些物质最大的意义就是产生重力，但重力也可由飞船的旋转来模拟。但从文学角度看，这篇作品的美学核心是科学推动世界在宇宙中流浪这样一个意象，而飞船逃亡则产生一个完全不同的逃离世界的意象，其科幻美感远低于前者。

在2000年的笔会上，杨平对我说，他从我的小说中感觉到强烈的“回乡情结”，当时我不以为然，认为回乡情结是最不可能在我的小说中出现的东西。但后来细想，对他真是钦佩之至。其实，自己的科幻之路也就是一条寻找家园的路，回乡情结之所以隐藏在连自己都看不到的深处，是因为我不知道家园在哪里，所以要到很远的地方去找。在《流浪地球》中能看到的，就是这样一个行者带着孤独和惶恐启程的情景。

中篇

流浪地球

刹车时代

我没见过黑夜，我没见过星星，我没见过春天、秋天和冬天。

我出生在刹车时代结束的时候，那时地球刚刚停止转动。

地球自转刹车用了四十二年，比联合政府的计划长了三年。妈妈给我讲过我们全家看最后一个日落的情景，太阳落得很慢，仿佛在地平线上停住了，用了三天三夜才落下去。当然，以后没有“天”也没有“夜”了，东半球在相当长的一段时间里（有十几年吧）将处于永远的黄昏中，因为太阳在地平线下并没落深，还在半边天上映出它的光芒。就在那次漫长的日落中，我出生了。

黄昏并不意味着昏暗，地球发动机把整个北半球照得通明。地球发动机安装在亚洲和美洲大陆上，因为只有这两个大陆完整坚实的版块结构才能承受发动机对地球巨大的推力。地球发动机共有 12000 台，分布在亚洲和美洲大陆的各个平原上。

从我住的地方，可以看到几百台发动机喷出的等离子体光柱。你想象一个巨大的宫殿，有雅典卫城上的神殿那么大，殿中有无数根顶天立地的巨柱，每根柱子像一根巨大的日光灯管那样发出蓝白色的强光。而你，是那巨大宫殿地板上的一个细菌，这样，你就可以想象到我所在的世界是什么样子了。其实这样描述还不是太准确，是地球发动机产生的切线推力分量刹住了地球的自转，因此地球发动机的喷射必须有一定的角度，这样天空中的那些巨型光柱是倾斜的，我们是处在一个将要倾倒的巨殿中！南半球的人来到北半球后突然置身于这个环境中，有许多人会神经失常的。比这景象更可怕的是发动机带来的酷热，户外气温高达七八十摄氏度，必须穿冷却服才能外出。在这样的气温下，常常会有暴雨，而发动机光柱穿过乌云时的景象简直是一场噩梦！光柱蓝白色的强光在云中散射，变成无数种色彩组成的疯狂涌动的光晕，整个天空仿佛被白热的火山岩浆所覆盖。爷爷老糊涂了，有一次被酷热折磨得实在受不了，看到下大雨喜出望外，赤膊冲出门去，我们没来得及拦住他。外面雨点已被地球发动机超高温的等离子光柱烤沸，把他身上烫脱了一层皮。

但对于我们这一代在北半球出生的人来说，这一切都很自然，就如同刹车时代以前的人们，看见太阳星星和月亮很自然一样，我们把那以前人类的历史都叫作“前太阳时代”，那真是个让人神往的黄金时代啊！

我在小学入学时，作为一门课程，教师带我们班的三十个孩子进行了一次环球旅行。这时地球已经完全停转，地球发动机除了维持这个行星的静止状态外，只进行一些姿态调整，所以在从我三岁到六岁的三年中，光柱的光度大为减弱，这使得我们可以在这次旅行中更好地认识我们的世界。

我们首先在近距离见到了地球发动机，是在石家庄附近的太行山出口处看到它的。那是一座金属的高山，在我们面前赫然耸立，占据了半个天空。同它相比，西边的太行山山脉如同一串小土丘。有的孩子惊叹它如珠峰一样高。我们的班主任小星老师是一位漂亮姑娘，她笑着告诉我们，这座发动机的高度是 11000 米，比珠峰还要高两千多米，人们管它们叫“上帝的喷灯”。我们站在它巨大的阴影中，感受着它通过大地传来的振动。

地球发动机分为两大类，大一些的叫“山”，小一些的叫“峰”。我们登上了“华北 794 号山”。登“山”比登“峰”花的时间长，因为“峰”是靠巨型电梯上下的，上“山”则要坐汽车沿盘“山”公路走。我们的汽车混在不见首尾的长车队中，沿着光滑的钢铁公路向上爬行。我们的左边是青色的金属峭壁，右边是万丈深渊。车队是由五十吨的巨型自卸卡车组成，车上满载着从太行山上挖下的岩石。汽车很快升到了五千米以上，下面的大地已看不清细节，只能看到地球发动机反射的一片青光。小星老师让我们带上氧气面罩。随着我们距喷口越来越近，光度和温度都在剧增，面罩的颜色渐渐变深，冷却服中的微型压缩机也大功率地忙碌起来。在六千米处，我们见到了进料口，一车车的大石块倒进那闪着幽幽红光的大洞中，一点声音都没传出来。我问小星老师，地球发动机是如何把岩石做成燃料的？

“重元素聚变是一门很深的学问，现在给你们还讲不明白。你们只需要知道，地球发动机是人类建造的力量最大的机器，比如我们所在的华北 794 号，全功率运行时能向大地产生一百五十亿吨的推力。”

我们的汽车终于登上了顶峰，喷口就在我们头顶上。由于光柱的直径太大，我们现在抬头看到的是一堵发着蓝光的等离子体巨墙，向上伸延到无限高处。这时，我突然想起不久前的一堂哲学课，那个憔悴的老师给我们出了一个谜语。

“你在平原上走着走着，突然迎面遇到一堵墙，这墙向上无限高，向下无限深，向左无限远，向右无限远，这墙是什么？”

我打了一个寒战，接着把这个谜语告诉了身边的小星老师。她想了好大一会儿，困惑地摇摇头。我把嘴凑到她耳边，把那个可怕的谜底告诉她。

“死亡。”

她默默地看了我几秒钟，突然紧紧地把我抱在怀里。我从她的肩上极目望去，迷蒙的大地上，耸立着一座座金属巨峰，从我们周围一直延伸到地平线。巨峰吐出的光柱，如一片倾斜的宇宙森林，刺破我们摇摇欲坠的天空。

我们很快到达了海边，看到城市摩天大楼的尖顶伸出海面，退潮时白花花的海水从大楼无数的窗子中流出，形成一道道瀑布……刹车时代刚刚结束，其对地球的影响已触目惊心：地球发动机加速造成的潮汐吞没了北半球三分之二的大城市，发动机带来的全球高温融化了极地冰川，更使这大洪水雪上加霜，波及南半球。爷爷在三十年前亲眼目睹了百米高的巨浪吞没上海的情景，他现在讲这事的时候眼还直勾勾的。事实上，我们的星球还没启程就已面目全非了，谁知道在以后漫长的外太空流浪中，还有多少苦难在等着我们呢？

我们乘上一种叫“船”的古老交通工具，在海面上航行。地球发动机的光柱在后面越来越远，一天以后就完全看不见了。这时，大海处在两片霞光之间——一片是西面地球发动机的光柱产生的青蓝色霞光，一片是东方海平面下的太阳产生的粉红色霞光——它们在海面上的反射使大海也分成了闪耀着两色光芒的两部分，我们的船就行驶在这两部分的分界处，这景色真是奇妙。但随着青蓝色霞光的渐渐减弱和粉红色霞光的渐渐增强，一种不安的气氛在船上弥漫开来。甲板上见不到孩子们了，他们都躲在船舱里不出来，舷窗的帘子也被紧紧拉上。一天后，我们最害怕的那一时刻终于到来了。我们集合在那间用作教室的大舱中，小星老师庄严地宣布：

“孩子们，我们要去看日出了。”

没有人动，我们目光呆滞，像突然冻住一样僵在那儿。小星老师老师又催了几次，还是没人动。她的一位男同事说：

“我早就提过，环球体验课应该放在近代史课前面，学生在心理上就比较容易适应了。”

“没那么简单，在近代史课前，他们早就从社会上知道一切了。”小星老师说，她接着对几位班干部说：“你们先走，孩子们，不要怕，我小时候第一次看日出也很紧张的，但看过一次就好了。”

孩子们终于一个个站了起来，朝着舱门挪动脚步。这时，我感到一只湿湿的小手抓住了我的手，回头一看，是灵儿。

“我怕……”她嘤嘤地说。

“我们在电视上也看到过太阳，反正都一样的。”我安慰她说。

“怎么会一样呢，你在电视上看蛇和看真蛇一样吗？”

“……反正我们得上去，要不这门课会扣分的！”

我和灵儿紧紧拉着手，和其他孩子一起战战兢兢地朝甲板走去，去面对我们人生中的第一次日出。

“其实，人类把太阳同恐惧连在一起也只是这三四个世纪的事。这之前，人类是不怕太阳的，相反，太阳在他们眼中是庄严和壮美的。那时地球还在转动，人们每天都能看到日出和日落。他们对着初升的太阳欢呼，赞颂落日的美丽。”小星老师站在船头对我们说，海风吹动着她的长发，在她身后，海天连接处射出几道光芒，好像海面下的一头大得无法想象的怪兽喷出的鼻息。

终于，我们看到了那令人胆寒的火焰，开始时只是天水连线上的一个亮点，但很快增大，渐渐显示出了圆弧的形状。这时，我感到自己的喉咙被什么东西掐住了，恐惧使我窒息，脚下的甲板仿佛突然消失，我向海的深渊坠下去，坠下去……和我一起下坠的还有灵儿，她那蛛丝般柔弱的小身躯紧贴着我颤抖着；还有其他孩子，其他的所有人，整个世界，都在下坠。这时我又想起了那个谜语，我曾问过哲学老师，那堵墙是什么颜色的，他说应该是黑色的。我觉得不对，我想象中的死亡之墙应该是雪亮的，这就是为什么那道等离子体墙让我想起了它。这个时代，死亡不再是黑色的，它是闪电的颜色，当那最后的闪电到来时，世界将在瞬间变成蒸汽。

三个多世纪前，天体物理学家们就发现了太阳内部氢转化为氦的速度突然加快，于是他们发射了上万个探测器穿过太阳，最终建立了这颗恒星完整精确的数学模型。巨型计算机对这个模型计算的结果表明，太阳的演化已向主星序外偏移，氦元素的聚变将在很短的时间内传遍整个太阳内部，由此产生一次叫“氦闪”的剧烈爆炸。之后，太阳将变为一颗巨大但暗淡的红巨星，它膨胀到如此之大，地球将在太阳内部运行！事实上在这之前的氦闪爆发中，我们的星球已被气化了。

这一切将在四百年内发生，现在已过了三百八十年。

太阳的灾变将炸毁和吞没太阳系所有适合居住的类地行星，并使所有类木行星完全改变形态和轨道。自第一次氦闪后，随着重元素在太阳中心的反复聚集，太阳氦闪将在一段时间反复发生，这“一段时间”是相对于恒星演化来说的，其长度可能相当于上千个人类历史。所以，人类在以后的太阳系中已无法生存下去，唯一的生路是向外太空恒星际移民。而照人类目前的技术力量，全人类移民唯一可行的目标是半人马座比邻星，这是距我们最近的恒星，有 4.3 光年的路程。以上看法人们已达成共识，争论的焦点在移民方式上。

为了加强教学效果，我们的船在太平洋上折返了两次，又给我们制造了两次日出。现在我们已完全适应了，也相信了南半球那些每天面对太阳的孩子确实能活下去。

以后我们就在太阳下航行了，太阳在空中越升越高，这几天凉爽下来的天气又热了起来。我正在自己的舱里昏昏欲睡，听到外面有骚乱的人声。灵儿推开门探进头来。

“嗨，飞船派和地球派又打起来了！”

我对这事儿不感兴趣，他们已经打了四个世纪了。但我还是到外面看了看，在那打成一团的几个男孩儿中，一眼就看出了挑起事儿的是阿东，他爸爸是个顽固的飞船派，因参加一次反联合政府的暴动，现在还被关在监狱里。有其父，必有其子。

小星老师和几名粗壮的船员好不容易才拉开架，阿东鼻子血糊糊的，振臂高呼：“把地球派扔到海里去！”

“我也是地球派，也要扔到海里去？”小星老师问。

“地球派都扔到海里去！”阿东毫不示弱，现在，在全世界飞船派情绪又呈上升趋势，所以他们也狂起来了。

“为什么这么恨我们？”小星老师问。其他几个飞船派小子接着喊了起来：

“我们不和地球派傻瓜在地球上等死！”

“我们要坐飞船走！飞船万岁！”

……

小星老师按了一下手腕上的全息显示器，我们面前的空中立刻显示出一幅全息图像，孩子们的注意力立刻被它吸引过去，暂时安静下来。那是一个晶莹透明的密封玻璃球，大约有 10 厘米直径，球里有三分之二充满了水，水中有一只小虾、一小枝珊瑚和一些绿色的藻类植物，小虾在水中悠然地游动着。小星老师说：“这是阿东的一件自然课的设计作业，小球中除了这几样东西外，还有一些看不见的细菌。它们在密封的玻璃球中相互依赖、相互作用。小虾以海藻为食，从水中摄取氧气，然后排出含有机物质的粪便和二氧化碳废气，细菌将这些东西分解成无机物质和二氧化碳，然后海藻利用了这些无机物质与人造阳光进行光合作用，制造营养物质，进行生长和繁殖，同时放出氧气供小虾呼吸。这样的生态循环应该能使玻璃球中的生物在只有阳光供应的情况下生生不息。这是我见过的最好的课程设计，我知道，这里面凝聚了阿东和所有飞船派孩子的梦想，这就是你们梦中飞船的缩影啊！阿东告诉我，他按照计算机中严格的数学模型，对球中每一样生物进行了基因设计，使他们的新陈代谢正好达到平衡。他坚信，球中的生命世界会长期活下去，直到小虾寿命的终点。老师们都很钟爱这件作业，我们把它放到所要求强度的人造阳光下，也坚信阿东的预测，默默地祝福他创造的这个小小的世界。但现在，时间只过去了十几天……”

小星老师从随身带来的一个小箱子中小心翼翼地拿出了那个玻璃球，死去的小虾漂浮在水面上，水混浊不堪，腐烂的藻类植物已失去了绿色，变成一团没有生命的毛状物覆盖在珊瑚上。

“这个小世界死了。孩子们，谁能说出为什么？“小星老师把那个死亡的世界举到孩子们面前。

“它太小了！”

“说的对，太小了，小的生态系统，不管多么精确，是经不起时间的风浪的。飞船派们想象中的飞船也一样。”

“我们的飞船可以造得像上海或纽约那么大。”阿东说，声音比刚才低了许多。

“是的，按人类目前的技术也只能造这么大，同地球相比，这样的生态系统还是太小了，太小了。”

“我们会找到新的行星。”

“这连你们自己也不相信。半人马座没有行星，最近的有行星的恒星在 850 光年以外，目前人类能建造的最快的飞船也只能达到光速的 0.5%，这样就需十七万年时间才能到那儿，飞船规模的生态系统连这十分之一的时间都维持不了。孩子们，只有像地球这样规模的生态系统，这样气势磅礴的生态循环，才能使生命万代不息！人类在宇宙间离开了地球，就像婴儿在沙漠里离开了母亲！”

“可……老师，我们来不及的，地球来不及的，它还来不及加速到足够快，航行到足够远，太阳就爆炸了！”

“时间是够的，要相信联合政府！这我说了多少遍，如果你们还不相信，我们就退一万步说：人类将自豪地去死，因为我们尽了最大的努力！”

人类的逃亡分为五步：第一步，用地球发动机使地球停止转动，使发动机喷口固定在地球运行的反方向；第二步，全功率开动地球发动机，使地球加速到逃逸速度，飞出太阳系；第三步，在外太空继续加速，飞向比邻星；第四步，在中途使地球重新自转，调转发动机方向，开始减速；第五步，地球泊入比邻星轨道，成为这颗恒星的卫星。人们把这五步分别称为刹车时代、逃逸时代、流浪时代Ⅰ(加速)、流浪时代Ⅱ(减速)、新太阳时代。

整个移民过程将延续两千五百年时间，一百代人。

我们的船继续航行，到了地球黑夜的部分。在这里，阳光和地球发动机的光柱都照不到，在大西洋清凉的海风中，我们这些孩子第一次看到了星空。天啊，那是怎样的景象啊，美得让我们心碎。小星老师一手搂着我们，一手指着星空："看，孩子们，那就是半人马座，那就是比邻星，那就是我们的新家！"说完她哭了起来，我们也都跟着哭了，周围的水手和船长，这些铁打的汉子也流下了眼泪。所有的人都用泪眼探望着老师指的方向，星空在泪水中扭曲抖动，唯有那颗星星是不动的，是黑夜大海狂浪中远方陆地的灯塔，那是冰雪荒原中快要冻死的孤独旅人前方隐现的火光，那是我们心中的星星，是人类在未来一百代人的苦海中唯一的希望和支撑……

在回家的航程中，我们看到了起航的第一个信号：夜空中出现了一个巨大的彗星，那是月球。人类带不走月球，就在月球上也安装了行星发动机，把它推离地球轨道，以免在地球加速时相撞。月球上行星发动机产生的巨大彗尾使大海笼罩在一片蓝光之中，群星看不见了。月球移动产生的引力潮汐使大海巨浪滔天，我们改乘飞机向南半球的家飞去。

起航的日子终于到了！

我们一下飞机，就被地球发动机的光柱照得睁不开眼，这些光柱比以前亮了几倍，而且所有光柱都由倾斜变成笔直。地球发动机开到了最大功率，加速产生的百米巨浪轰鸣着滚上每个大陆，灼热的飓风夹着滚烫的水沫，在林立的顶天立地的等离子光柱间疯狂呼啸，拔起了陆地上所有的大树……这时从宇宙空间看，我们的星球也成了一个巨大的彗星，蓝色的彗尾刺破了黑暗的太空。

地球上路了，人类上路了。

就在起航时，爷爷去世了，他身上的烫伤已经感染。弥留之际他反复念叨着一句话：

“啊，地球，我的流浪地球啊……”

逃逸时代

学校要搬入地下城了，我们是第一批入城的居民。校车钻进了一个高大的隧洞，隧洞呈不大的坡度向地下延伸。走了有半个钟头，我们被告知已入城了。可车窗外哪有城市的样子？只看到不断掠过的错综复杂的支洞和洞壁上无数的密封门，在高高洞顶一排泛光灯下，一切都呈单调的金属蓝色。想到后半生的大部分时光都要在这个世界中度过，我们不禁黯然神伤。

“原始人就住洞里，我们又住洞里了。”灵儿低声说，这话还是让小星老师听见了。

“没有办法的，孩子们，地面的环境很快就要变得很可怕很可怕，那时，冷的时候，吐一口唾沫，还没掉到地上呢，就冻成小冰块儿了；热的时候，再吐一口唾沫，还没掉到地上，就变成蒸汽了！”

“冷我知道，因为地球离太阳越来越远了；可为什么还会热呢？”同车的一个低年级的小娃娃问。

“笨，没学过变轨加速吗？”我没好气地说。

“没。”

灵儿耐心地解释起来，好像是为了分散刚才的悲伤。“是这样，跟你想的不同，地球发动机没那么大劲儿，它只能给地球很小的加速度，不能把地球一下子推出太阳轨道，在地球离开太阳前，还要绕着它转十五个圈呢！在这十五个圈中，地球慢慢加速。现在，地球绕太阳转着一个挺圆的圈儿，可它的速度越快呢，这圈就越扁，越快越扁越快越扁……所以后来，地球有时离太阳会很远很远，当然冷了……”

“可……还是不对！地球到最远的地方是很冷，可在扁圈的另一头儿，它离太阳——嗯，我想想，按轨道动力学，还是现在这么近啊，怎么会更热呢？”

真是个小天才，记忆遗传技术使这样的小娃娃具备了成人的智力水平，这是人类的幸运，否则，像地球发动机这样连神都不敢想的奇迹，是不会在四个世纪内变成现实的。

我说：“可还有地球发动机呢，小傻瓜。现在，一万多台那样的大喷灯全功率开动，地球就成了火箭喷口的护圈了……你们安静点吧，我心里烦！”

我们就这样开始了地下的生活，像这样在地下五百米处人口超过百万的城市遍布各个大陆。在这样的地下城中，我读完小学并升入中学。学校教育都集中在理工科，艺术和哲学之类的教育已压缩到最少——人类没有这份闲心了。这是人类最忙的时代，每个人都有做不完的工作。很有意思的是，地球上所有的宗教在一夜之间消失得无影无踪。历史课还是有的，只是课本中前太阳时代的人类历史在我们听来就像伊甸园中的神话一样。

父亲是空军的一名近地轨道宇航员，在家的时间很少。记得在变轨加速的第五年，在地球处于远日点时，我们全家到海边去过一次。运行到远日点顶端那一天，是一个如同新年或圣诞节一样的节日，因为这时地球距太阳最远，人们都有一种虚幻的安全感。像以前到地面上去一样，我们需穿上带有核电池的全密封加热服。外面，地球发动机林立的刺目光柱是主要能看见的东西，地面世界的其他部分都淹没于光柱的强光中，也看不出变化。我们乘飞行汽车飞了很长时间，到了光柱照不到的地方，到了能看见太阳的海边。这时的太阳已成了一个棒球大小，一动不动地悬在天边，它的光芒只在自己的周围映出了一圈晨曦似的亮影，天空呈暗暗的深蓝色，星星仍清晰可见。举目望去，哪有海啊，眼前是一片白茫茫的冰原。在这封冻的大海上，有大群狂欢的人。焰火在暗蓝色的空中开放，冰冻海面上的人们以一种不正常的忘情在狂欢着，到处都是喝醉了在冰上打滚的人。更多的人在声嘶力竭地唱着不同的歌，都想用自己的声音压住别人。

“每个人都在不顾一切地过自己想过的生活，这也没有什么不好。”爸爸突然想起了一件事，“呵，忘了告诉你们，我爱上了黎星，我要离开你们和她在一起。”

“她是谁？”妈妈平静地问。

“我的小学老师。”我替爸爸回答。我升入中学已两年，不知道爸爸和小星老师是怎么认识的，也许是在两年前那的毕业仪式上？

“那你去吧。”妈妈说。

“过一阵我肯定会厌倦，那时我就回来，你看呢？”

“你要愿意当然行。”妈妈的声音像冰冻的海面一样平稳，但很快激动起来：“啊，这一颗真漂亮，里面一定有全息散射体！”她指着刚在空中开放的一朵焰火，真诚地赞美着。

在这个时代，人们在看四个世纪以前的电影和小说时都莫名其妙，他们不明白，前太阳时代的人怎么会在不关生死的事情上倾注那么多的感情。当看到男女主人公为爱情而痛苦或哭泣时，他们的惊奇是难以言表的。在这个时代，死亡的威胁和逃生的欲望压倒了一切，除了当前太阳的状态和地球的位置，没有什么能真正引起他们的注意并打动他们了。这种注意力高度集中的关注，渐渐从本质上改变了人类的心理状态和精神生活，对于爱情这类东西，他们只是用余光瞥一下而已，就像赌徒在盯着轮盘的间隙抓住几秒钟喝口水一样。

过了两个月，爸爸真从小星老师那儿回来了，妈妈没有高兴，也没有不高兴。

爸爸对我说："黎星对你印象很好，她说你是一个有创造力的学生。"

妈妈一脸茫然："她是谁？"

"小星老师嘛，我的小学老师，爸爸这两个月就是同她在一起的！"

"哦，想起来了！"妈妈摇头笑了："我还不到四十，记忆力就成了这个样子。"她抬头看看天花板上的全息星空，又看看四壁的全息森林，"你回来挺好，把这些图像换换吧，我和孩子都看腻了，但我们都不会调整这玩意儿。"

当地球再次向太阳跌去的时候，我们全家都把这事忘了。

有一天，新闻报道海在融化，于是我们全家又到海边去。这是地球通过火星轨道的时候，按照这时太阳的光照量，地球的气温应该仍然是很低的，但由于地球发动机的影响，地面的气温正适宜。能不穿加热服或冷却服去地面，那感觉真令人愉快。地球发动机所在的这个半球天空还是那个样子，但到达另一个半球时，真正感到了太阳的临近：天空是明朗的纯蓝色，太阳在空中已同起航前一样明亮了。可我们从空中看到海并没融化，还是一片白色的冰原。当我们失望地走出飞行汽车时，听到惊天动地的隆隆声，那声音仿佛来自这颗星球的最深处，真像地球要爆炸一样。

“这是大海的声音！”爸爸说，“因为气温骤升，厚厚的海冰层受热不均匀，这很像陆地上的地震。”

突然，一声雷霆般尖利的巨响插进这低沉的隆隆声中，我们后面看海的人们欢呼起来。我看到海面上裂开一道长缝，其开裂速度之快如同广阔的冰原上突然出现的一道黑色的闪电。接着在不断的巨响中，这样的裂缝一条接一条地在海冰上出现，海水从所有的裂缝中喷出，在冰原上形成一条条迅速扩散的急流……

回家的路上，我们看到荒芜已久的大地上，野草在大片大片地钻出地面，各种花朵在怒放，嫩叶给枯死的森林披上绿装……所有的生命都在抓紧时间焕发活力。

随着地球和太阳的距离越来越近，人们的心也一天天揪紧了。到地面上来欣赏春色的人越来越少，大部分人都深深地躲进了地下城中，这不是为了躲避即将到来的酷热、暴雨和飓风，而是躲避那随着太阳越来越近的恐惧。有一天在我睡下后，听到妈妈低声对爸爸说：

“可能真的来不及了。”

爸爸说：“前四个近日点时也有这种谣言。”

“可这次是真的，我是从钱德勒夫人口中听说的，她丈夫是航行委员会的那个天文学家，你们都知道他的。他亲口告诉她已观测到氦的聚集在加速。”

“你听着，亲爱的，我们必须抱有希望，这并不是因为希望真的存在，而是因为我们要做高贵的人。在前太阳时代，做一个高贵的人必须拥有金钱、权力或才能，而在今天，你只需要拥有希望。希望是这个时代的黄金和宝石，不管活多长，我们都要拥有它！明天把这话告诉孩子。”

和所有的人一样，我也随着近日点的到来而心神不定。有一天放学后，我不知不觉走到了城市中心广场，在广场中央有喷泉的圆形水池边呆立着，时而低头看着蓝莹莹的池水，时而抬头望着广场圆形穹顶上梦幻般的光波纹，那是池水反射上去的。这时我看到了灵儿，她拿着一个小瓶子和一根小管儿，在吹肥皂泡。每吹出一串，她都呆呆地盯着空中飘浮的泡泡，看着它们一个个消失，然后再吹出一串……

“都这么大了还干这个，这好玩吗？”我走过去问她。

灵儿见了我以后喜出望外：“我们俩去旅行吧！”

“旅行？去哪？”

“当然是地面啦！”她挥手在空中划了一下，从手腕上的计算机甩出一幅全息景象，显示出一个落日下的海滩。微风吹拂着棕榈树，道道白浪，金黄的沙滩上，一对对的情侣在铺满碎金的海面前呈出现黑色的剪影。“这是梦娜和大刚发回来的，他们俩现在还满世界转呢，他们说外面现在还不太热，外面可好呢，我们去吧！”

“他们因为旷课刚被学校开除了。”

“哼，你根本不是怕这个，你是怕太阳！”

“你不怕吗？别忘了你因为怕太阳还看过精神病医生呢。”

“可我现在不一样了，我受到了启示！你看！”灵儿用小管儿吹出了一串肥皂泡，“盯着它看！”她用手指着一个肥皂泡说。

我盯着那个泡泡，看到它表面上光和色的狂澜，那狂澜以人的感觉无法把握的复杂和精细在涌动，好像那个泡泡知道自己生命的长度，疯狂地把渺如烟海的记忆中无数梦幻和传奇向世界演绎。很快，光和色的狂澜在一次无声的爆炸中消失了。我看到了一小片似有似无的水汽，这水汽也只存在了半秒钟，然后什么都没有了，好像什么都没有存在过。

“看到了吗？地球就是宇宙中的一个小水泡，啪一下，什么都没了，有什么好怕的呢？”

“不是这样的，据计算，在氦闪发生时，地球被完全蒸发掉至少需要一百个小时。”

“这就是最可怕之处了！”灵儿大叫起来，“我们在这地下五百米，就像馅饼里的肉馅一样，先给慢慢烤熟了，再蒸发掉！”

一阵冷战传遍我的全身。

“但在地面就不一样了，那里的一切瞬间被蒸发，地面上的人就像那泡泡一样，啪一下……所以，氦闪时还是在地面上为好。”

不知为什么，我没同她去，她就同阿东去了，我以后再也没见到他们。

氦闪并没有发生，地球高速掠过了近日点，第六次向远日点升去，人们绷紧的神经松弛下来。由于地球自转已停止，在太阳轨道的这一面，亚洲大陆上的地球发动机正对它的运行方向，所以在通过近日点前都停了下来，只是偶尔做一些调整姿态的运行，我们这儿处于宁静而漫长的黑夜之中。美洲大陆上的发动机则全功率运行，那里成了火箭喷口的护圈。由于太阳这时也处于西半球，那儿的高温更是可怕，草木生烟。

地球的变轨加速就这样年复一年地进行着。每当地球向远日点升去时，人们的心也随着地球与太阳距离的日益拉长而放松；而当它在新的一年向太阳跌去时，人们的心一天天紧缩起来。每次到达近日点，社会上就谣言四起，说太阳氦闪就要在这时发生了；直到地球再次升向远日点，人们的恐惧才随着天空中渐渐变小的太阳平息下来，但下一次的恐惧又在酝酿……人类的精神像在荡着一个宇宙秋千，更恰当地说，在经历着一场宇宙俄罗斯轮盘赌——升上远日点和跌向太阳的过程是在转动弹仓，掠过近日点时则是扣动扳机！

每扣一次时的神经比上一次更紧张，我就是在这种交替的恐惧中度过了自己的少年时代。其实仔细想想，即使在远日点，地球也未脱离太阳氦闪的威力圈，如果那时太阳爆发，地球不是被气化而是被慢慢液化，那种结果还真不如在近日点。

在逃逸时代，大灾难接踵而至。

由于地球发动机产生的加速度及运行轨道的改变，地核中铁镍核心的平衡被扰动，其影响穿过古腾堡不连续面，波及地幔，各个大陆地热逸出，火山爆发，这对于人类的地下城市是致命的威胁。从第六次变轨周期后，在各大陆的地下城中，岩浆渗入灾难频繁发生。

那天当警报响起来的时候，我正走在放学回家的路上，听到市政厅的广播："F112 市全体市民注意，城市北部屏障已被地应力破坏，岩浆渗入！岩浆渗入！现在岩浆流已到达第四街区！公路出口被封死，全体市民到中心广场集合，通过升降向地面撤离。注意，撤离时按《危急法》第五条行事。强调一遍，撤离时按《危急法》第五条行事！"

我环视了一下四周迷宫般的通道，地下城现在看上去并没有什么异常。但我知道现在的危险：只有两条通向外部的地下公路，其中一条去年因加固屏障的需要已被堵死，如果剩下的这条也堵死了，就只有通过经竖井直通地面的升降梯逃命了。升降梯的载运量很小，要把这座城市的三十六万人运出去需要很长时间。但也没有必要去争夺生存的机会，联合政府的危急法把一切都安排好了。

古代曾有过一个伦理学问题：当洪水到来时，一个只能救走一个人的男人，是去救他的父亲呢，还是去救他的儿子？在这个时代的人看来，提出这个问题很不可理解。

当我到达中心广场时，看到人们已按年龄排起了长长的队。最靠近电梯口的是由机器人保育员抱着的婴儿，然后是幼儿园的孩子，再往后是小学生……我排在队伍中间靠前的部分。爸爸现在在近地轨道值班，城里只有我和妈妈，我现在看不到妈妈，就顺着几公里长的队身后跑，没跑多远就被士兵拦住了。我知道她在最后一段，因为这个城市主要是学校集中地，家庭很少，她已经算年纪大的那批人了。

长队以让人心里着火的慢速度向前移动，三个小时后轮到我跨进升降时，心里一点都不轻松，因为这时在妈妈和生存之间，还隔着两万多名大学生呢！而我已闻到了浓烈的硫磺味……

我到地面两个半小时后，岩浆就在五百米深的地下吞没了整座城市。我心如刀绞地想象着妈妈最后的时刻：她同没能撤出的一万八千人一起，看着岩浆涌进市中心广场。那时已经停电，整个地下城只有岩浆那可怖的暗红色光芒。广场那高大的白色穹顶在高温中渐渐变黑，所有的遇难者可能还没接触到岩浆，就被这上千度的高温夺去了生命。

但生活还在继续，这严酷恐惧的现实中，爱情仍不时闪现出迷人的火花。为了缓解人们的紧张情绪，在第十二次到达远日点时，联合政府居然恢复了中断达两世纪的奥运会。我作为一名机动冰橇拉力赛的选手参加了奥运会，比赛是驾驶机动冰橇，从上海出发，从冰面上横穿封冻的太平洋，到达终点纽约。

发令枪响过之后，上百只雪橇在冰冻的海洋上以每小时二百公里左右的速度出发了。开始还有几只雪橇相伴，但两天后，他们或前或后，都消失在地平线之外。这时背后地球发动机的光芒已经看不到了，我正处于地球最黑的部分。在我眼中，世界就是由广阔的星空和向四面无限延伸的冰原组成的，这冰原似乎一直延伸到宇宙的尽头，或者它本身就是宇宙的尽头。而在无限的星空和无限的冰原组成的宇宙中，只有我一个人！雪崩般的孤独感压倒了我，我想哭。我拼命地赶路，名次已无关紧要，只是为了在这可怕的孤独感杀死我之前尽早地摆脱它，而那想象中的彼岸似乎根本就不存在。

就在这时，我看到天边出现了一个人影。近了些后，我发现那是一个姑娘，正站在她的雪橇旁，她的长发在冰原上的寒风中飘动着。你知道这时遇见一个姑娘意味着什么，我们的后半生由此决定了。她是日本人，叫山杉加代子。女子组比我们先出发十二个小时，她的雪橇卡在冰缝中，把一根滑杆卡断了。我一边帮她修雪橇，一边把自己刚才的感觉告诉她。

“您说得太对了，我也是那样的感觉！是的，好像整个宇宙中就只有你一个人！知道吗，我看到您从远方出现时，就像看到太阳升起一样耶！”

“那你为什么不叫救援飞机？”

“这是一场体现人类精神的比赛，要知道，流浪的地球在宇宙中是叫不到救援的！”她挥动着小拳头，以日本人特有的执着说。

“不过现在总得叫了，我们都没有备用滑杆，你的雪橇修不好了。”

“那我们坐您的雪橇一起走好吗？如果您不在意名次的话。”

我当然不在意，于是我和加代子一起在冰冻的太平洋上走完了剩下的漫长路程。经过夏威夷后，我们看到了天边的曙光。在这被那个小小的太阳照亮的无际冰原上，我们向联合政府的民政部发去了结婚申请。

当我们到达纽约时，这个项目的裁判们早等得不耐烦，收摊走了。但有一个民政局的官员在等着我们，他向我们致以新婚的祝贺，然后开始履行他的职责：他挥手在空中划出一个全息图像，上面整齐地排列着几万个圆点，这是这几天全世界向联合政府登记结婚的数目。由于环境的严酷，法律规定每三对新婚配偶中只有一对有生育权，抽签决定。加代子对着半空中那几万个点犹豫了半天，点了中间的一个。当那个点变为绿色时，她高兴得跳了起来。但我的心中却不知是什么滋味，我的孩子出生在这个苦难的时代，是幸运还是不幸呢？那个官员倒是兴高采烈，他说每当一对儿“点绿”的时候他都十分高兴，他拿出了一瓶伏特加，我们三个轮着一人一口地喝着，都为人类的延续干杯。我们身后，遥远的太阳用它微弱的光芒给自由女神像镀上了一层金辉，对面，是已无人居住的曼哈顿的摩天大楼群，微弱的阳光把它们的影子长长地投在纽约港寂静的冰面上，醉意蒙胧的我，眼泪涌了出来。

地球，我的流浪地球啊！

分手前，官员递给我们一串钥匙，醉醺醺地说："这是你们在亚洲分到的房子，回家吧，哦，家多好啊！"

"有什么好的？"我漠然地说，"亚洲的地下城充满危险，这你们在西半球当然体会不到。"

"我们马上也有你们体会不到的危险了，地球又要穿过小行星带，这次是西半球对着运行方向。"

"上几个变轨周期也经过小行星带，不是没什么大事吗？"

"那只是擦着小行星带的边缘走，太空舰队当然能应付，他们可以用激光和核弹把地球航线上的那些小石块都清除掉。但这次……你们没看新闻？这次地球要从小行星带正中穿过去！舰队只能对付那些大石块，唉……"

在回亚洲的飞机上，加代子问我："那些石块很大吗？"

我父亲现在就在太空舰队干那件工作，所以尽管政府为了避免惊慌，照例封锁消息，我还是知道一些情况。我告诉加代子，那些石块大的像一座大山，五千万吨级的热核炸弹只能在上面打出一个小坑。“他们就要使用人类手中威力最大的武器了！”我神秘地告诉加代子。

“你是说反物质炸弹？”

“还能是什么？”

“太空舰队的巡航范围是多远？”

“现在他们力量有限，我爸说只有一百五十万公里左右。”

“啊，那我们能看到了！”

“最好别看。”

加代子还是看了，而且是没戴护目镜看的。反物质炸弹的第一次闪光是在我们起飞不久后从太空传来的，那时加代子正在欣赏飞机舷窗外空中的星星，这使她的双眼失明了一个多小时，眼睛以后的一个多月都红肿流泪。那真是让人心惊肉跳的时刻，反物质炮弹不断地击中小行星，湮灭的强光此起彼伏地在漆黑的太空中闪现，仿佛宇宙中有一群巨人围着地球用闪光灯疯狂拍照似的。

半小时后，我们看到了火流星，它们拖着长长的火尾划破长空，给人一种恐怖的美感。火流星越来越多，每一个在空中划过的距离越来越长。突然，机身在一声巨响中震颤了一下，紧接着又是连续的巨响和震颤。加代子惊叫着扑到我怀中，她显然以为飞机被流星击中了，这时舱里响起了机长的声音。

“请各位乘客不要惊慌，这是流星冲破音障产生的超音速爆音，请大家戴上耳机，否则您的听觉会受到永久的损害。由于飞行安全已无法保证，我们将在夏威夷紧急降落。”

这时我盯住了一个火流星，那个火球的体积比别的大出许多，我不相信它能在大气中烧完。果然，那火球疾驰过大半个天空，越来越小，但还是坠入了冰海。从万米高空看到，海面被击中的位置出现了一个小白点，那白点立刻扩散成一个白色的圆圈，圆圈迅速在海面扩大。

“那是浪吗？”加代子颤着声问我。

“是浪，上百米的浪。不过海封冻了，冰面很快会使它衰减的。”我自我安慰道，不再看下面。

我们很快在檀香山降落，由当地政府安排去地下城。我们的汽车沿着海岸走，天空中布满了火流星，那些红发恶魔好像是从太空中的某一个点同时迸发出来的。一颗流星在距海岸不远处击中了海面，没有看到水柱，但水蒸气形成的白色蘑菇云高高地升起。涌浪从冰层下传到岸边，厚厚的冰层轰隆隆地破碎了，冰面显出了浪的形状，好像有一群柔软的巨兽在下面排着队游过。

“这块有多大？”我问那位来接应我们的官员。

“不超过五公斤，不会比你的脑袋大吧。不过刚接到通知，在北方八百公里的海面上，刚落下一颗二十吨左右的。”

这时他手腕上的通讯机响了，他看了一眼后对司机说：“来不及到204号门了，就近找个入口吧！”

汽车拐了个弯，在一个地下城入口前停了下来。我们下车后，看到入口外有几个士兵，他们都一动不动地盯着远方，眼里充满了恐惧。我们都顺着他们的目光看去，在天海连线处，有一层黑色的屏障，初一看好像是天边低低的云层，但那“云层”的高度太齐了，像一堵横在天边的长墙，再仔细看，墙头还镶着一线白边。

“那是什么呀？”加代子怯生生地问一个军官，得到的回答让我们毛发直竖。

“浪。”

地下城高大的铁门隆隆地关上了。约莫过了十分钟，我们感到从地面传来的低沉的声音，咕噜噜的，像一个巨人在地面打滚。我们面面相觑，大家都知道，百米高的巨浪正在滚过夏威夷，也将滚过各个大陆。但另一种震动更吓人，仿佛有一只巨拳从太空中不断地击打地球，在地下这震动并不大，只能隐约感到，但每一个震动都直达我们灵魂深处。这是流星在不断地击中地面。

我们的星球所遭到的残酷轰炸断断续续地持续了一个星期。

当我们走出地下城时，加代子惊叫："天啊，天怎么是这样的！"

天空是灰色的，这是因为高层大气弥漫着小行星撞击陆地时产生灰尘，星星和太阳都消失在这无际的灰色中，仿佛整个宇宙在下着一场大雾。地面上，滔天巨浪留下的海水还没来得及退去就封冻了，城市幸存的高楼形影单只地立在冰面上，挂着长长的冰凌柱。冰面上落了一层撞击尘，于是这个世界只剩下一种颜色：灰色。

我和加代子继续回亚洲的旅行。在飞机越过早已无意义的国际日期变更线时，我们见到了人类所见过的最黑的黑夜，飞机仿佛潜行的墨汁的海洋中。看着机舱外那没有一丝光线的世界，我们的心情也暗到了极点。

“什么时候到头呢？”加代子喃喃地说。我不知道她指的是这个旅程还是这充满苦难和灾难的生活，我现在觉得两者都没有尽头。是啊，即使地球航出了氦闪的威力圈，我们得以逃生，又怎么样呢？我们只是那漫长阶梯的最下一级，当我们的一百代重孙爬上阶梯的顶端，见到新生活的光明时，我们的骨头都变成灰了。我不敢想象未来的苦难和艰辛，更不敢想象要带着爱人和孩子走过这条看不到头的泥泞路，我累了，实在走不动了……就在我被悲伤和绝望窒息的时候，机舱里响起了一声女人的惊叫：

“啊！不！不能，亲爱的！”

我循声看去，见那个女人正从旁边的一个男人手中夺下一支手枪，他刚才显然想把枪口凑到自己的太阳穴上。这人很瘦弱，目光呆滞地看着前方无限远处。女人把头埋在他膝上，嘤嘤地哭了起来。

“安静。”男人冷冷地说。

哭声消失了，只有飞机发动机的嗡嗡声在轻响，像不变的哀乐。在我的感觉中，飞机已粘在这巨大的黑暗中，一动不动，而整个宇宙，除了黑暗和飞机，什么都没有了。加代子紧紧钻在我怀里，浑身冰凉。

突然，机舱前部有一阵骚动，有人在兴奋地低语。我向窗外看去，发现飞机前方出现了一片朦胧的光亮，那光亮是蓝色的，没有形状，十分均匀地出现在前方弥漫着撞击尘的夜空中。

那是地球发动机的光芒。

西半球的地球发动机已被陨石击毁了三分之一，但损失比启航前的预测要少；东半球的地球发动机由于背向撞击面，完好无损。从功率上来说，它们是能使地球完成逃逸航行的。

在我眼中，前方朦胧的蓝光，如同从深海漫长的上浮后看到的海面的亮光，我的呼吸又顺畅起来。

我又听到那个女人的声音："亲爱的，痛苦呀恐惧呀这些东西，也只有在活着时才能感觉到，死了，死了什么也没有了，那边只有黑暗。还是活着好，你说呢？"

那瘦弱的男人没有回答，他盯着前方的蓝光看，眼泪流了下来。我知道他能活下去了，只要那希望的蓝光还亮着，我们就都能活下去，我又想起了父亲关于希望的那些话。

一下飞机，我和加代子没有去我们在地下城中的新家，而是到设在地面的太空舰队基地去找父亲，但在基地，我只见到了追授他的一枚冰冷的勋章。这勋章是一名空军少将给我的，他告诉我，在清除地球航线上的小行星的行动中，一块被反物质炸弹炸出的小行星碎片击中了父亲的单座微型飞船。

“当时那个石块和飞船的相对速度有每秒一百公里，撞击使飞船座舱瞬间气化了，他没有一点痛苦，我向您保证，没有一点痛苦。”将军说。

当地球又向太阳跌回去的时候，我和加代子又到地面上来看春天，但没有看到。世界仍是一片灰色，阴暗的天空下，大地上分布着由残留海水形成的一个个冰冻湖泊，见不到一点绿色。大气中的撞击尘挡住了阳光，使气温难以回升。甚至在近日点，海洋和大地都没有解冻，太阳只是一个朦胧的光晕，仿佛是撞击尘后面的幽灵。

三年以后，空中的撞击尘才有所消散，人类终于最后一次通过近日点，向远日点升去。在这个近日点，东半球的人有幸目睹了地球历史上最快的一次日出和日落。太阳从海平面上一跃而起，迅速划过长空，大地上万物的影子在很快地变换着角度，仿佛是无数根钟表的秒针。这也是地球上最短的一个白天，只有不到一个小时。当一小时后太阳跌入地平线，黑暗降临大地时，我感到一阵伤感。这转瞬即逝的一天，仿佛是对地球在太阳系四十五亿年进化史的一个短暂的总结。直到宇宙的末日，它不会再回来了。

“天黑了。”加代子忧伤地说。

“最长的一夜。”我说。东半球的这一夜将延续两千五百年，一百代人后，半人马座的曙光才能再次照亮这个大陆。西半球也将面临最长的白天，但比这里的黑夜要短得多。在那里，太阳将很快升到天顶，然后一直静止在那个位置上，渐渐变小。在半世纪内，它就会融入星群难以分辨了。

按照预定的航线，地球升向与木星的会合点。航行委员会的计划是：地球第十五圈的公转轨道是如此之扁，以至于它的远日点到达木星轨道，地球将与木星在几乎相撞的距离上擦身而过。在木星巨大引力的拉动下，地球将最终达到逃逸速度。

离开近日点后两个月，就能用肉眼看到木星了。它开始只是一个模糊的光点，但很快显出圆盘的形状。又过了一个月，木星在地球上空已有满月大小了，呈暗红色，能隐约看到上面的条纹。这时，十五年来一直垂直的地球发动机光柱中有一些开始摆动，地球在做会合前最后的姿态调整，木星渐渐沉到了地平线下。以后的三个多月，木星一直处在地球的另一面，我们看不到它，但知道两颗行星正在交会之中。

有一天我们突然被告知东半球也能看到木星了。于是人们纷纷从地下城中来到地面。当我走出城市的密封门来到地面时，发现开了十五年的地球发动机已经全部关闭了。我再次看到了星空，这表明同木星最后的交会正在进行。人们都在紧张地盯着西方的地平线，地平线上出现了一片暗红色的光，那光区渐渐扩大，伸延到整个地平线的宽度。我现在发现那暗红色的区域上方同漆黑的星空有一道整齐的边界，那边界呈弧形，那巨大的弧形从地平线的一端跨到了另一端，在缓缓升起，巨弧下的天空都变成了暗红色，仿佛一块同星空一样大小的暗红色幕布在把地球同整个宇宙隔开。当我回过神来时，不由倒吸一口冷气，那暗红色的幕布就是木星！我早就知道木星的体积是地球的一千三百倍，现在才真正感觉到它的巨大。这宇宙巨怪在整个地平线上升起时产生的那种恐惧和压抑感是难以用语言描述的，一名记者后来写道：

“不知是我身处噩梦中，还是这整个宇宙都是一个造物主巨大而变态的头脑中的噩梦！”木星恐怖地上升着，渐渐占据了半个天空。这时，我们可以清楚地看到它云层中的风暴，那风暴把云层搅动成让人迷茫的混乱线条。我知道，那厚厚的云层下是沸腾的液氢和液氦的大洋。著名的大红斑出现了，这个在木星表面维持了几十万年的大旋涡大得可以吞下整个地球。这时木星已占满了整个天空，地球仿佛是浮在木星沸腾的暗红色云海上的一只气球！而木星的大红斑就处在天空正中，如一只红色的巨眼盯着我们的世界，大地笼罩在它那阴森的红光中……谁都无法相信小小的地球能逃出这巨大怪物的引力场。从地面上看，地球甚至连成为木星的卫星都不可能，我们就要掉进那无边云海覆盖着的地狱中去了！但领航工程师们的计算是精确的，暗红色的迷乱的天空在缓缓移动着，不知过了多长时间，西方的天边露出了黑色的一角，那黑色迅速扩大，其中有星星在闪烁——地球正在冲出木星的引力魔掌。这时警报尖叫起来，木星产生的引力潮汐正在向内陆推进。后来得知，这次大潮带来的百多米高的巨浪再次横扫了整个大陆。在跑进地下城的密封门时，我最后看了一眼仍占据半个天空的木星，发现木星的云海中有一道明显的划痕，后来知道，那是地球引力作用在木星表面的痕迹——我们的星球也在木星表面拉起了如山的液氢和液氦的巨浪。这时，木星巨大的引力正在把地球加速甩向外太空。

离开木星时，地球已达到了逃逸速度，它不再需要返回潜藏着死亡的太阳，而是向广漠的外太空飞去。漫长的流浪时代开始了。

就在木星暗红色的阴影下，我的儿子在地层深处出生了。

叛乱

离开木星后，亚洲大陆上一万多台地球发动机再次全功率开动，这一次它们要不停地运行五百年，不停地加速地球。这五百年中，发动机将把亚洲大陆上一半的山脉当作燃料消耗掉。

从四个多世纪死亡的恐惧中解脱出来，人们长出了一口气。但预料中的狂欢并没有出现，接下来发生的事情超乎所有人的想象。

在地下城的庆祝集会后，我一个人穿上密封服来到地面。童年时熟悉的群山已被超级挖掘机夷为平地，大地上只有裸露的岩石和坚硬的冻土，冻土上到处有白色的斑块，那是大海潮留下的盐渍。面前那座爷爷和爸爸度过了一生的曾有千万人口的大城市现在已是一片废墟，高楼钢筋外露的残骸在地球发动机光柱的蓝光中拖着长长的影子，好像是史前巨兽的化石……一次次的洪水和小行星的撞击已摧毁了地面上的一切，各大陆上的城市和植被都荡然无存，地球表面已变成火星一样的荒漠。

这一段时间，加代子心神不定。她常常扔下孩子不管，一个人开着飞行汽车出去旅行，回来后，只是说她去了西半球。最后，她拉我一起去了。

我们的飞行汽车以四倍音速飞行了两个小时，终于能够看到太阳了，它刚刚升出太平洋，这时看上去只有棒球大小，给冰封的洋面投下一片微弱的、冷冷的光芒。加代子把飞行汽车悬停在五千米的空中，然后从后面拿出了一个长长的东西，去掉封套后，我看到那是一架天文望远镜，业余爱好者用的那种。加代子打开车窗，把望远镜对准太阳，让我看。

从有色镜片中我看到了放大几百倍的太阳，我甚至清楚地看到太阳表面的缓缓移动的明暗斑点，还有日球边缘隐隐约约的日珥。

加代子把望远镜同车内的计算机联起来，把一个太阳影像采集下来。然后，她又调出了另一个太阳图像，说："这个是四个世纪前的太阳图像。"接着，计算机对两个图像进行比较。

"看到了吗？"加代子指着屏幕说："它们的光度、像素排列、像素概率、层次统计等参数都完全一样！"

我摇摇头说："这能说明什么？一架玩具望远镜，一个低级图像处理程序，加上你这个无知的外行……别自寻烦恼了，别信那些谣言！"

"你是个白痴。"她说着，收回望远镜，把飞行汽车向回开去。这时，在我们的上方和下方，我又远远地看到了几辆飞行汽车，同我们刚才一样悬在空中，从每辆车的车窗中都伸出一架望远镜对着太阳。

以后的几个月中，一个可怕的说法像野火一样在全世界蔓延。越来越多的人自发地用更大型更精密的仪器观测太阳。后来，一个民间组织向太阳发射了一组探测器，它们在三个月后穿过日球。探测器发回的数据最后证实了那个事实。

同四个世纪前相比，太阳没有任何变化。

现在，各大陆的地下城已成了一座座骚动的火山，局势一触即发。一天，按照联合政府的法令，我和加代子把儿子送进了养育中心。回家的路上我们俩都感到维系我们关系的唯一纽带已不存在了。走到市中心广场，我们看到有人在演讲，另一些人在演讲者周围向市民分发武器。

“公民们！地球被出卖了！人类被出卖了！文明被出卖了！我们都是一个超级骗局的牺牲品！这个骗局之巨大之可怕，上帝都会为之休克！太阳还是原来的太阳，它不会爆发，过去现在将来都不会，它是永恒的象征！爆发的是联合政府中那些人阴险的野心！他们编造了这一切，只是为了建立他们的独裁帝国！他们毁了地球！他们毁了人类文明！公民们，有良知的公民们！拿起武器，拯救我们的星球！拯救人类文明！我们要推翻联合政府，控制地球发动机，把我们的星球从这寒冷的外太空开回原来的轨道！开回到我们的太阳温暖的怀抱中！”

加代子默默地走上前去，从分发武器的人手中接过了一支冲锋枪，加入到那些拿到武器的市民的队列中。她没有回头，同那支庞大的队列一起消失在地下城的迷雾里。我呆呆地站在那儿，手在衣袋中紧紧攥着父亲用生命和忠诚换来的那枚勋章，它的边角把我的手扎出了血……

三天后，叛乱在各个大陆同时爆发了。

叛军所到之处，人民群起响应。到现在，很少有人不怀疑自己受骗了。但我加入了联合政府的军队，这并非出于对政府的坚信，而是我三代前辈都有过军旅生涯，他们在我心中种下了忠诚的种子。不论在什么情况下，背叛联合政府对我来说是一件不可想象的事。

美洲、非洲、大洋洲和南极洲相继沦陷，联合政府收缩防线死守地球发动机所在的东亚和中亚。叛军很快对这里构成包围态势，他们对政府军占有压倒优势，之所以在相当长一段时间里攻势没有取得进展，完全是由于地球发动机。叛军不想毁掉地球发动机，所以在这一广阔的战区没有使用重武器，使得联合政府得以苟延残喘。这样双方相持了三个月，联合政府的十二个集团军相继临阵倒戈，中亚和东亚防线全线崩溃。两个月后，大势已去的联合政府连同不到十万军队在靠近海岸的地球发动机控制中心陷入重围。

我就是这残存军队中的一名少校。控制中心有一座中等城市大小，它的中心是地球驾驶室。我拖着一条被激光束烧焦的手臂，躺在控制中心的伤兵收容站里。就是在这儿，我得知加代子已在澳洲战役中阵亡。我和收容站里所有的人一样，整天喝得烂醉，对外面的战事全然不知，也不感兴趣。不知过了多久，听到有人在高声说话。

“知道你们为什么这样吗？你们在自责，在这场战争中，你们站到了反人类的一边，我也一样。”

我转头一看，发现讲话的人肩上有一颗将星，他接着说：“没关系的，我们还有最后的机会拯救自己的灵魂。地球驾驶室距我们这儿只有三个街区，我们去占领它，把它交给外面理智的人类！我们为联合政府已尽到了责任，现在该为人类尽责任了！”

我用那支没受伤的手抽出手枪，随着这群突然狂热起来的受伤和没受伤的人，沿着钢铁的通道，向地球驾驶室冲去。出乎预料，一路上我们几乎没遇到抵抗，倒是有越来越多的人从错综复杂的钢铁通道的各个分支中加入我们。最后，我们来到了一扇巨大的门前，那钢铁大门高得望不到顶。它轰隆隆地打开了，我们冲进了地球驾驶室。

尽管以前无数次在电视中看到过，所有的人还是被驾驶室的宏伟震惊了。从视觉上看不出这里的大小，因为驾驶室淹没在一幅巨型全息图中。那是一幅太阳系的模拟图。整个图像实际就是一个向所有方向无限伸延的黑色空间，我们一进来，就悬浮在这空间之中。由于尽量反映真实的比例，太阳和行星都很小很小，小得像远方的萤火虫，但能分辨出来。以那遥远的代表太阳的光点为中心，一条醒目的红色螺旋线扩展开来，像广阔的黑色洋面上迅速扩散的红色波圈。这是地球的航线。在螺旋线最外面的一点上，航线变成明亮的绿色，那是地球还没有完成的路程。那条绿线从我们的头顶掠过，顺着看去，我们看到了灿烂的星海，绿线消失在星海的深处，我们看不到它的尽头。在这广漠的黑色的空间中，还漂浮着许多闪亮的灰尘，其中几个尘粒漂近，我发现那是一块块虚拟屏幕，上面翻滚着复杂的数字和曲线。

我看到了全人类瞩目的地球驾驶台，它好像是漂浮在黑色空间中的一个银白色的小行星，看到它，我更难以把握这里的巨大——驾驶台本身就是一个广场，现在上面密密麻麻地站着五千多人，包括联合政府的主要成员、负责实施地球航行计划的大部分星际移民委员会，和那些最后忠于政府的人。这时我听到最高执政官的声音在整个黑色空间响了起来。

“我们本来可以战斗到底的，但这可能导致地球发动机失控。这种情况一旦发生，过量聚变的物质将烧穿地球，或蒸发全部海洋，所以我们决定投降。我们理解所有的人，因为已经进行了四十代人、还要延续一百代人的艰难奋斗中，永远保持理智确实是一个奢求。但也请所有的人记住我们，站在这里的这五千多人，这里有联合政府的最高执政官，也有普通的列兵，是我们把信念坚持到了最后。我们都知道自己看不到真理被证实的那一天，但如果人类得以延续万代，以后所有的人将在我们的墓前洒下自己的眼泪，这颗叫地球的行星，就是我们永恒的纪念碑！”

控制中心巨大的密封门隆隆开启，那五千多名最后的地球派一群群走了出来，在叛军的押送下向海岸走去。一路上两边挤满了人，所有人都冲他们吐唾沫，用冰块和石块砸他们。他们中有人密封服的面罩被砸裂了，外面零下一百多度的严寒使那些人的脸麻木了，但他们仍努力地走下去。我看到一个小女孩，举起一大块冰用尽全身力气狠命地向一个老者砸去，她那双眼睛透过面罩射出疯狂的怒火。

当我听到这五千人全部被判处死刑时，觉得太宽容了。

难道仅仅一死吗？这一死就能偿清他们的罪恶吗？能偿清他们用一个离奇变态的想象和骗局毁掉地球、毁掉人类文明的罪恶吗？他们应该死一万次！这时，我想起了那些做出太阳爆发预测的天体物理学家，那些设计和建造地球发动机的工程师，他们在一个世纪前就已作古，我现在真想把他们从坟墓中挖出来，让他们也死一万次。

真感谢死刑的执行者们，他们为这些罪犯找了一种好的死法：他们收走了被判死刑的每个人密封服上加热用的核能电池，然后把他们丢在大海的冰面上，让零下百度的严寒慢慢夺去他们的生命。

这些人类文明史上最险恶最可耻的罪犯在冰海上站了黑压压的一片，在岸上有十几万人在看着他们，十几万双牙齿咬得嘣嘣响，十几万双眼睛喷出和那个小女孩一样的怒火。

这时，所有的地球发动机都已关闭，壮丽的群星出现在冰原之上。

我能想象出严寒像无数把尖刀刺进他们的身体，他们的血液在凝固，生命从他们的体内一点点流走，这想象中的感觉变成一种快感，传遍我的全身。看到那些在严寒的折磨中慢慢死去，岸上的人们快活起来，他们一起唱起了《我的太阳》。我唱着，眼睛看着星空的一个方向，在那个方向上，有一颗稍大些刚刚显出圆盘形状的星星发出黄色的光芒，那就是太阳。

啊，我的太阳，生命之母，万物之父，我的大神，我的上帝！还有什么比您更稳定，还有什么比您更永恒，我们这些渺小的，连灰尘都不如的碳基细菌，拥挤在围着您转的一粒小石头上，竟敢预言您的末日，我们怎么能蠢到这个程度？

一个小时过去了，海面上那些反人类的罪犯虽然还全都站着，但已没有一个活人。他们的血液已被冻结了。

我的眼睛突然什么都看不见了。几秒钟后，视力渐渐恢复，冰原、海岸和岸上的人群又在眼前慢慢显影，最后完全清晰了，而且比刚才更清晰——因为这个世界现在笼罩在一片强烈的白光中，刚才我眼睛的失明正是由于这突然出现的强光的刺激。但星空没有重现，所有的星光都被这强光所淹没，仿佛整个宇宙都被强光融化了。这强光从太空中的一点迸发出来，那一点现在成了宇宙中心，那一点就在我刚才盯着的方向。

太阳氦闪爆发了。

《我的太阳》的合唱戛然而止，岸上的十几万人呆住了，似乎同海面上那些人一样，冻成了一片僵硬的岩石。

太阳最后一次把它的光和热撒向地球。地面上的冰结的二氧化碳干冰首先融化，腾起了一阵白色的蒸汽；然后海冰表面也开始融化，受热不均的大海冰层发出惊天动地的巨响；渐渐地，照在地面上的光柔和起来，天空出现了微微的蓝色；后来，强烈的太阳风产生的极光在空中出现，苍穹中飘动着巨大的彩色光幕……

在这突然出现的灿烂阳光下，海面上最后的地球派们仍稳稳地站着，仿佛五千多尊雕像。

太阳爆发只持续了很短的时间，两个小时后强光开始急剧减弱，很快熄灭了。在太阳的位置上出现了一个暗红色球体，它的体积慢慢膨胀，最后从这里看它，已达到了在地球轨道上看到的太阳大小。这意味着它的实际体积已大到越出火星轨道，而水星、火星和金星这三颗地球的伙伴行星这时已在上亿度的辐射中化为一缕轻烟。但它已不是太阳，它不再发出光和热，看去如同贴在太空中一张冰冷的红纸，它那暗红色的光芒似乎是周围星光的散射。这就是小质量恒星演化的最后归宿——红巨星。

五十亿年的壮丽生涯已成为飘逝的梦幻，太阳死了。

幸运的是，还有人活着。

流浪时代

当我回忆这一切时，半个世纪已过去了。二十年前，地球航出了冥王星轨道，航出了太阳系，在寒冷广漠的外太空继续着它孤独的航程。

最近一次去地面是十几年前的事了，那是儿子和儿媳陪我去的。儿媳是一个金发碧眼的姑娘，就要做母亲了。

到地面后，我首先注意到，虽然所有地球发动机仍全功率地运行，巨大的光柱却看不到了，这是因为地球大气已消失，等离子体的光芒没有散射的缘故。我看到地面上布满了奇怪的黄绿相间的半透明晶体块，这是固体氧氮，是已冻结的空气。有趣的是空气并没有均匀地冻结在地球表面，而是形成了小山丘似的不规则的隆起，在原来平滑的大海冰原上，这些半透明的小山形成了奇特的景观。银河系的星河纹丝不动地横过天穹，也像被冻结了，但星光很亮，看久了还刺眼呢。

地球发动机将不间断地开动五百年，到时地球将加速至光速的千分之五，并以这个速度滑行一千三百年，走完三分之二的航程，然后调转发动机的方向，开始长达五百年的减速。地球在航行两千四百年后到达比邻星，再过一百年，它将泊入这颗恒星的轨道，成为它的一颗行星。

我知道已被忘却
流浪的航程太长太长
但那一时刻要叫我一声啊
当东方再次出现霞光

我知道已被忘却
起航的时代太远太远
但那一时刻要叫我一声啊
当人类又看到了蓝天

我知道已被忘却
太阳系的往事太久太久
但那一时刻要叫我们一声啊

当鲜花重新挂上枝头

……

每当听到这首歌，一股暖流就涌进我这年迈僵硬的身躯，我干涸的老眼又湿润了。我好像看到半人马座三颗金色的太阳在地平线上依次升起，万物沐浴在它温暖的光芒中。固态的空气融化了，变成了碧蓝的天。两千多年前的种子从解冻的土层中复苏，大地绿了。我看到我的第一百代孙子孙女们在绿色的草原上欢笑，草原上有清澈的小溪，溪中有银色的小鱼……我看到了加代子，她从绿色的大地上向我跑来，年轻美丽，像个天使……

啊，地球，我的流浪地球……

2000 年 1 月 12 日于娘子关

名家点评

进入刘慈欣的世界，你立刻会感受到如粒子风暴般扑面而来的澎湃的激情——对科学，对技术的激情。这激情不仅体现在他建构宏大场景的行为上，也体现在他笔下人物的命运抉择中。那些被宏大世界反衬得孤独而弱小的生命的这种抉择从另一个角度给人震撼。

《流浪地球》的构架很简单，就是带着地球去宇宙流浪。但这样的创意，以及宏大场面的描写，在刘慈欣之前的中国科幻创作里并不多见。单是这个创意，就给人留下深刻印象，小说也胜在这个意象。刘慈欣开创性地勾画了真正国人视角的复杂未来，展现了中国气派。他的作品震撼性地标示出人类想象力所能达到的新的边界，超越的尺度和速度。

《科幻世界》杂志主编　姚海军

这篇小说突出地体现了刘慈欣的宇宙观、人类观。在广袤的宇宙中，地球与人类只是一个小小的角落。它时刻受到宇宙“病变”的威胁，同时受到人类活动“自损”的威胁。在地球上，人类文明之前已经有过更古老的人类文明，但不知因为什么原因毁灭了。现代考古学正在证实这一点。但人类要逃离太阳系，则是更加艰难漫长的道路。刘慈欣描绘了人类未来的希望，但更揭示了寻找新家园的巨大困难。他在警示人们要加倍珍惜和保护我们现在的地球家园。

山西省作协原副主席，文学评论家　段崇轩

刘慈欣创作谈：

同《流浪地球》一样，这一篇也是我创作的第二阶段，可以称之为人与自然的阶段的代表作品。这期间，自己的科幻创作由对纯科幻意象的描写转而描述人与大自然的关系。这一阶段的共同特点，就是同时描述两个截然不同的世界：一个是现实世界，灰色的，充满着尘世的喧嚣，为我们所熟悉；另一个是空灵的科幻世界，在最遥远的远方和最微小的尺度中，是我们永远无法到达的地方。这两个世界的接触和碰撞，它们强烈的反差，构成了故事的主体。与第一阶段相比，科幻的风筝虽然仍然飞得很高，但被拴在了坚实的大地上。

在这一阶段中，我对传统文学"以人为本"的核心理念进行了反思，发现"文学是人学"这句被奉为金科玉律的话并不确切。在文学史的大部分时间里，人类文学其实一直在描述人与大自然的关系，而不是人与人的关系。各民族古代神话中神的形象其实是宇宙的象征，而其中的人也不是真实历史意义上社会的人。文学成为人学，只描写社会意义上的人与人的关系，其实只是从文艺复兴以后开始的，这一阶段，在时间上只占全部文学史的十分之一左右。科幻文学描写的重点应该是人与大自然的关系，科幻给文学一个机会，可以让文学的目光再次宽阔起来。

中篇

乡村教师

作者附言：

这篇小说同我以前的作品相比有一些变化，主要是不那么“硬”了，重点放在营造意境上。不要被开头所迷惑，它不是你想象的那种东西。我不敢说它的水准高到哪里去，但从中你将看到中国科幻史上最离奇最不可思议的意境。

他知道，这最后一课要提前讲了。

又一阵剧痛从肝部袭来，几乎使他晕厥过去。他已没气力下床了，便艰难地移近床边的窗口。月光映在窗纸上，银亮亮的，使小小的窗户看上去像是通向另一个世界的门，那个世界的一切一定都是银亮亮的，像用银子和不冻人的雪做成的盒景。他颤颤地抬起头，从窗纸的破洞中望出去，幻觉立刻消失了，他看到了远处自己度过了一生的村庄。

村庄静静地卧在月光下，像是百年前就没人似的。那些黄土高原上特有的平顶小屋，形状上同村子周围的黄土包没啥区别，在月夜中颜色也一样，整个村子仿佛已融入这黄土坡之中。只有村前那棵老槐树很清楚，树上干枯枝杈间的几个老鸦窝更是黑黑的，像是滴在这暗银色画面上的几滴醒目的墨点……其实村子也有美丽温暖的时候，比如秋收时，外面打工的男人女人们大都回来了，村里有了人声和笑声，家家屋顶上是金灿灿的玉米，打谷场上娃们在秸秆堆里打滚；再比如过年的时候，打谷场被汽灯照得通亮，在那里连着几天闹红火，摇旱船，舞狮子。那几个狮子只剩下咔嗒作响的木头脑壳，上面油漆都脱了，村里没钱置新狮子皮，就用几张床单代替，玩得也挺高兴……但十五一过，村里的青壮年都外出打工挣生活去了，村子一下没了生气。只有每天黄昏，当稀拉拉几缕炊烟升起时，村头可能出现一两个老人，扬起山核桃一样的脸，眼巴巴地望着那条通向山外的路，直到挂在老槐树上的最后一抹夕阳消失。天黑后，村里早早就没了灯光，娃娃和老人们睡得都早，电费贵，现在到了一块八一度了。

这时村里隐约传出了一声狗叫，声音很轻，好像那狗在说梦话。他看着村子周围月光下的黄土地，突然觉得那好像是纹丝不动的水面。要真是水就好了，今年是连着第五个旱年了，要想有收成，又要挑水浇地了。想起田地，他的目光向更远方移去，那些小块的山田，月光下像一个巨人登山时留下的一个个脚印。在这只长荆条和毛蒿的石头山上，田也只能是这么东一小块西一小块的，别说农机，连牲口都转不开身，只能凭人力种了。去年一家什么农机厂到这儿来，推销一种微型手扶拖拉机，可以在这些巴掌大的地里干活儿。那东西真是不错，可村里人说他们这是闹笑话哩！他们想过那些巴掌地能产出多少东西来吗？就是绣花似地种，能种出一年的口粮就不错了，遇上这样的旱年，可能种子钱都收不回来呢！为这样的田买那三五千一台的拖拉机，再搭上两块多一升的柴油？唉，这山里人的难处，外人哪能知晓呢？

这时，窗前走过了几个小小的黑影，这几个黑影在不远的田垄上围成一圈蹲下来，不知要干什么。他知道这都是自己的学生，其实只要他们在近旁，不用眼睛他也能感觉到他们的存在。这直觉是他一生积累出来的，只是在这生命的最后时间里更敏锐了。

他甚至能认出月光下的那几个孩子，其中肯定有刘宝柱和郭翠花。这两个孩子都是本村人，本来不必住校的，但他还是收他们住了。刘宝柱的爹十年前买了个川妹子成亲，生了宝柱，五年后娃大了，对那女人看得也松了。结果有一天她跑回四川了，还卷走了家里所有的钱。这以后，宝柱爹也变得不成样儿了，开始是赌，同村子里那几个老光棍一样，把个家折腾得只剩四堵墙一张床；然后是喝，每天晚上都用八毛钱一斤的地瓜烧把自己灌得烂醉；拿孩子出气，一天一小揍三天一大揍，直到上个月的一天半夜，抡了根烧火棍差点把宝柱的命要了。郭翠花更惨了，要说她妈还是正经娶来的，这在这儿可是个稀罕事。男人也很光荣了，可好景不长，喜事刚办完大家就发现她是个疯子，之所以迎亲时没看出来，大概是吃了什么药。本来嘛，好端端的女人哪会到这穷得鸟都不拉屎的地方来？但不管怎么说，翠花还是生下来了，并艰难地长大。但她那疯妈妈的病也越来越重，犯起病来，白天拿菜刀砍人，晚上放火烧房，更多的时间还是在阴森森地笑，那声音让人汗毛直竖……

剩下的都是外村的孩子了，他们的村子距这里最近的也有十里山路，只能住校了。在这所简陋的乡村小学里，他们一住就是一个学期。娃们来时，除了带自己的铺盖，每人还背了一袋米或面，十多个孩子在学校的那个大灶做饭吃。当冬夜降临时，娃们围在灶边，看着菜面糊糊在大铁锅中翻腾，灶膛里橘红色的火光映在他们脸上……这是他一生中看到过的最温暖的画面，他会把这画面带到另一个世界的。

窗外的田垄上，在那圈娃们中间，亮起了几点红色的小火星星，在这一片银灰色月夜的背景上，火星星的红色格外醒目。这些娃们在烧香，接着他们又烧起纸来，火光把娃们的形象以橘红色在冬夜银灰色的背景上显现出来，这使他又想起了那灶边的画面。他脑海中还出现了另外一个类似的画面：当学校停电时（可能是因为线路坏了，但大多数时间是因为交不起电费），他给娃们上晚课。他手里举着一根蜡烛照着黑板，“看见不？”他问。“看不显！”娃们总是这样回答。那么一点点亮光，确实难看清，但娃们缺课多，晚课是必须上的。于是他再点上一根蜡，手里两根举着。“还是不显！”娃们喊，他于是再点上一根，虽然还是看不清，娃们不喊了，他们知道再喊老师也不会加蜡了，蜡太多了也是点不起的。烛光中，他看到下面那群娃们的面容时隐时现，像一群用自己的全部生命拼命挣脱黑暗的小虫虫。

娃们和火光，娃们和火光，总是娃们和火光，总是夜中的娃们和火光，这是这个世界深深刻在他脑子中的画面，但始终不明其含义。

他知道娃们是在为他烧香和烧纸，他们以前多次这么干过，只是这次，他已没有力气像以前那样斥责他们迷信了。他用尽了一生在娃们的心中燃起科学和文明的火苗，但他明白，同笼罩着这偏远山村的愚昧和迷信相比，那火苗是多么弱小，像这深山冬夜中教室里的那根蜡烛。半年前，村里的一些人来到学校，要从本来已很破旧的校舍取下椽子木，说是修村头的老君庙用。问他们校舍没顶了，娃们以后住哪儿，他们说可以睡教室里嘛，他说那教室四面漏风，大冬天能住？他们说反正都外村人。他拿起一根扁担和他们拼命，结果被人家打断了两根肋骨。好心人抬着他走了三十多里山路，送到了镇医院。

就是在那次检查伤势时，意外发现他患了食道癌。这并不稀奇，这一带是食道癌高发区。镇医院的医生恭喜他因祸得福，因为他的食道癌现处于早期，还未扩散，动手术就能治愈，食道癌是手术治愈率最高的癌症之一，他算拣了条命。

于是他去了省城，去了肿瘤医院，在那里他问医生动一次这样的手术要多少钱。医生说像你这样的情况可以住我们的扶贫病房，其他费用也可适当减免，最后下来不会太多的，也就两万多元吧。想到他来自偏远山区，医生接着很详细地给他介绍住院手续怎么办，他默默地听着，突然问：

“要是不手术，我还有多长时间？”

医生呆呆地看了他好一阵儿，才说：“半年吧。”医生不解地看到他长出了一口气，好像得到了很大安慰。

至少能送走这届毕业班了。

他真的拿不出这两万多元。虽然民办教师工资很低，但干了这么多年，孤身一人无牵无挂，按说也能攒下一些钱了。只是他把钱都花在娃们身上了，他已记不清给多少学生代交了学杂费，最近的就有刘宝柱和郭翠花；更多的时候，他看到娃们的饭锅里没有多少油星星，就用自己的工资买些肉和猪油回来……反正到现在，他全部的钱也只有手术所需的十分之一。

沿着省城那条宽长的大街，他向火车站走去。这时天已黑了，城市的霓虹灯开始发出迷人的光芒，那光芒之多彩之斑斓，让他迷惑；还有那些高楼，一入夜就变成了一盏盏高耸入云的巨大彩灯。音乐声在夜空中飘荡，疯狂的、轻柔的，走一段一个样。

就在这个不属于他的世界里，他慢慢地回忆起自己不算长的一生。他很坦然，各人有各人的命，早在二十年前初中毕业回到山村小学时，他就选定了自己的命。再说，他这条命很大一部分是另一位乡村教师给的。他就是在自己现在任教的这所小学度过童年的，他爹妈死得早，那所简陋的乡村小学就是他的家，他的小学老师把他当亲儿子待，日子虽然穷，但他的童年并不缺少爱。那年，放寒假了，老师要把他带回自己的家里过冬。老师的家很远，他们走了很长的积雪的山路，当看到老师家所在的村子的一点灯光时，已是半夜了。这时他们看到身后不远处有四点绿荧荧的亮光，那是两双狼眼。那时山里狼很多的，学校周围就能看到一堆堆狼屎。有一次他淘气，把那灰白色的东西点着扔进教室里，使浓浓的狼烟充满了教室，把娃们都呛得跑了出来，让老师很生气。现在，那两只狼向他们慢慢逼近，老师折下一根粗树枝，挥动着它拦住狼的来路，同时大声喊着让他向村里跑。他当时吓糊涂了，只顾跑，只想着那狼会不会绕过老师来追他，只想着会不会遇到其它的狼。当他上气不接下气地跑进村子，然后同几个拿猎枪汉子去接老师时，发现他躺在一片已冻成糊状的血泊中，半条腿和整只胳膊都被狼咬掉了。老师在送往镇医院的路上就咽了气，在当时火把的光芒中，他看到了老师的眼睛。老师的腮帮被深深地咬下一大块，已说不出话，但用目光把一种心急如焚的牵挂传给了他。他读懂了那牵挂，记住了那牵挂。

初中毕业后，他放弃了在镇政府里一个不错的工作机会，直接回到了这个举目无亲的山村，回到了老师牵挂的这所乡村小学，这时，学校因为没有教师已荒废好几年了。

前不久，教委出台新政策，取消了民办教师，其中的一部分经考试考核转为公办。当他拿到教师证时，知道自己已成为一名国家承认的小学教师了，很高兴，但也只是高兴而已，不像别的同事们那么激动。他不在乎什么民办公办，他只在乎那一批又一批的娃们，从他的学校读完了小学，走向生活。不管他们是走出山去还是留在山里，他们的生活同那些没上过一天学的娃们总是有些不一样的。

他所在的山区，是这个国家最贫困的地区之一。但穷不是最可怕的，最可怕的是那里的人们对现状的麻木。记得那是好多年前了，搞包产到户，村里开始分田，然后又分其他的东西。对于村里唯一的一台拖拉机，大伙对于油钱怎么出，机时怎么分配，总也谈不拢，最后唯一大家都能接受的办法是把拖拉机分了，真的分了，你家拿一个轮子他家拿一根轴……再就是两个月前，有一家工厂来扶贫，给村里安了一台潜水泵，考虑到用电贵，人家还给带了一台小柴油机和足够的柴油。挺好的事儿，但人家前脚走，村里后脚就把机器都卖了，连泵带柴油机，只卖了一千五百块钱，全村好吃了两顿，算是过了个好年……一家皮革厂来买地建厂，什么也不清楚就把地卖了，那厂子建起后，硝皮子的毒水流进了河里，渗进了井里，人一喝了那些水浑身起红疙瘩，就这也没人在乎，还沾沾自喜那地卖了个好价钱……看村里那些娶不上老婆的光棍汉们，每天除了赌就是喝，但就是不去种地，他们能算清：穷到了头县里每年总会有些救济，那钱算下来也比在那巴掌大的山地里刨一年土坷垃挣得多……没有文化，人们都变得下作了，那里的穷山恶水固然让人灰心，但真正让人感到没指望的，是山里人那呆滞的目光。

他走累了，就在人行道边坐下来。他面前，是一家豪华的大餐馆，那餐馆靠街的一整堵墙全是透明玻璃，华丽的枝形吊灯把光芒投射到外面。整个餐馆像一个巨大的鱼缸，里面穿着华贵的客人们则像一群多彩的观赏鱼。他看到在靠街的一张桌子旁坐着一个胖男人，这人头发和脸似乎都在冒油，使他看上去像用一大团表面涂了油的蜡做的。他两旁各坐着一个身材高挑穿着暴露的女郎，那男人转头对一个女郎说了句什么，把她逗得大笑起来，那男人跟着笑起来，而另一个女郎则娇嗔地用两个小拳头捶那个男的……真没想到还有个子这么高的女孩子，秀秀的个儿，大概只到她们一半……他叹了口气，唉，又想起秀秀了。

秀秀是本村唯一一个没有嫁到山外姑娘，也许是因为她从未出过山，怕外面的世界，也许是别的什么原因。他和秀秀好过两年多，最后那阵好像就成了，秀秀家里也通情达理，只要一千五百块的肚疼钱（注：西北一些农村地区彩礼的一个名目，意思是对娘生女儿肚子疼的补偿）。但后来，村子里一些出去打工的人赚了些钱回来，和他同岁的二蛋虽不识字但脑子活，去城里干起了挨家挨户清洗抽油烟机的活儿，一年下来竟能赚个万把块。前年回来待了一个月，秀秀不知怎的就跟这个二蛋好上了。秀秀一家全是睁眼瞎，家里粗糙的干打垒墙壁上，除了贴着一团一团用泥巴和起来的瓜种子，还划着长长短短的道道儿，那是她爹多少年来记的账……秀秀没上过学，但自小对识文断字的人有好感，这是她同他好的主要原因。但二蛋的一瓶廉价香水和一串镀金项链就把这种好感全打消了，“识文断字又不能当饭吃。”秀秀对他说。虽然他知道识文断字是能当饭吃的，但具体到他身上，吃得确实比二蛋差好远，所以他也说不出什么。秀秀看他那样儿，转身走了，只留下一股让他皱鼻子的香水味。

和二蛋成亲一年后，秀秀生娃儿死了。他还记得那个接生婆，把那些锈不拉叽的刀刀铲铲放到火上烧一烧就向里捅，秀秀可倒霉了，血流了一铜盆，在送镇医院的路上就咽气了。成亲办喜事儿的时候，二蛋花了三万块，那排场在村里真是风光死了，可他怎的就舍不得花点钱让秀秀到镇医院去生娃呢？后来他一打听，这花费一般也就二三百，就二三百呀。但村里历来都是这样，生娃是从不去医院的。所以没人怪二蛋，秀秀就这命。后来他听说，比起二蛋妈来，她还算幸运。生二蛋时难产，二蛋爹从产婆那儿得知是个男娃，就决定只要娃了。于是二蛋妈被放到驴子背上，让那驴子一圈圈走，硬是把二蛋挤出来，听当时看见的人说，在院子里血流了一圈……

想到这里他长出了一口气，笼罩着家乡的愚昧和绝望使他窒息。

但娃们还是有指望的，那些在冬夜寒冷的教室中，盯着烛光照着的黑板的娃们，他就是那蜡烛，不管能点多长时间，发出的光有多亮，他总算是从头点到尾了。

他站起身来继续走，没走了多远就拐进了一家书店，城里就是好，还有夜里开门的书店。除了回程的路费，他把身上所有的钱都买了书，以充实他的乡村小学里那小小的图书室。半夜，他提着那两捆沉重的书，踏上了回家的火车。

在距地球五万光年的远方，在银河系的中心，一场延续了两万年的星际战争已接近尾声。

那里的太空中渐渐隐现出一个方形区域，仿佛灿烂的群星的背景被剪出一个方口，这个区域的边长约十万公里，区域的内部是一种比周围太空更黑的黑暗，让人感到一种虚空中的虚空。从这黑色的正方形中，开始浮现出一些实体，它们形状各异，都有月球大小，呈耀眼的银色。这些物体越来越多，并组成一个整齐的立方体方阵。这银色的方阵庄严地驶出黑色正方形，两者构成了一幅挂在宇宙永恒墙壁上的镶嵌画，这幅画以绝对黑体的正方形天鹅绒为衬底，由纯净的银光耀眼的白银小构件整齐地镶嵌而成。这又仿佛是一首固化的宇宙交响乐。渐渐地，黑色的正方形消融在星空中，群星填补了它的位置，银色的方阵庄严地悬浮在群星之间。

银河系碳基联邦的星际舰队，完成了本次巡航的第一次时空跃迁。

在舰队的旗舰上，碳基联邦的最高执政官看着眼前银色的金属大地，大地上布满了错综复杂的纹路，像一块无限广阔的银色蚀刻电路板，不时有几个闪光的水滴状的小艇出现在大地上，沿着纹路以令人目眩的速度行驶几秒钟，然后无声地消失在一口突然出现的深井中。时空跃迁带过来的太空尘埃被电离，成为一团团发着暗红色光的云，笼罩在银色大地的上空。

最高执政官以冷静著称，他周围那似乎永远波澜不惊的淡蓝色智能场就是他人格的象征，但现在，像周围的人一样，他的智能场也微微泛出黄光。

“终于结束了。”最高执政官的智能场振动了一下，把这个信息传送给站在他两旁的参议员和舰队统帅。

“是啊，结束了。战争的历程太长太长，以至我们都忘记了它的开始。”参议员回答。

这时，舰队开始了亚光速巡航，它们的亚光速发动机同时启动，旗舰周围突然出现了几千个蓝色的太阳，银色的金属大地像一面无限广阔的镜子，把蓝太阳的数量又复制了一倍。

远古的记忆似乎被点燃了，其实，谁能忘记战争的开始呢？这记忆虽然遗传了几百代，但在碳基联邦的万亿公民的脑海中，它仍那么鲜活，那么铭心刻骨。

两万年前的那一时刻，硅基帝国从银河系外围对碳基联邦发动全面进攻。在长达一万光年的战线上，硅基帝国的五百多万艘星际战舰同时开始恒星蛙跳。每艘战舰首先借助一颗恒星的能量打开一个时空蛀洞，然后从这个蛀洞时空跃迁至另一个恒星，再用这颗恒星的能量打开第二个蛀洞继续跃迁……由于打开蛀洞消耗了恒星大量的能量，使得恒星的光谱暂时向红端移动，当飞船从这颗恒星完成跃迁后，它的光谱渐渐恢复原状。当几百万艘战舰同时进行恒星蛙跳时，所产生的这种效应是十分恐怖的：银河系的边缘出现一条长达一万光年的红色光带，这条光带向银河系的中心移过来。这个景象在光速视界是看不到的，但在超空间监视器上显示出来。那条由变色恒星组成的红带，如同一道一万光年长的血潮，向碳基联邦的疆域涌来。

碳基联邦最先接触硅基帝国攻击前锋的是绿洋星，这颗美丽的行星围绕着一对双星恒星运行，她的表面全部被海洋覆盖。那生机盎然的海洋中漂浮着由柔软的长藤植物构成的森林，温和美丽、身体晶莹透明的绿洋星人在这海中的绿色森林间轻盈地游动，创造了绿洋星伊甸园般的文明。突然，几万道刺目的光束从天而降，硅基帝国舰队开始用激光蒸发绿洋星的海洋。在很短的时间内，绿洋星变成了一口沸腾的大锅，这颗行星上包括五十亿绿洋星人在内的所有生物在沸水中极度痛苦地死去，它们被煮熟的有机质使整个海洋变成了绿色的浓汤。最后海洋全部蒸发了，昔日美丽的绿洋星变成了一个由厚厚蒸汽包裹着的地狱般的灰色行星。

这是一场几乎波及整个银河系的星际大战，是银河系中碳基和硅基文明之间惨烈的生存竞争，但双方谁都没有料到战争会持续两万银河年！

现在，除了历史学家，谁也记不清有百万艘以上战舰参加的大战役有多少次了。规模最大的一次超级战役是第二旋臂战役，战役在银河系第二旋臂中部进行，双方投入了上千万艘星际战舰。据历史记载，在那广漠的战场上，被引爆的超新星就达两千多颗，那些超新星像第二旋臂中部黑暗太空中怒放的焰火，使那里变成超强辐射的海洋，只有一群群幽灵似的黑洞漂行其间。战役的最后，双方的星际舰队几乎同归于尽。一万五千年过去了，第二旋臂战役现在听起来就像上古时代飘缈的神话，只有那仍然存在的古战场证明它确实发生过。但很少有飞船真正进入过古战场，那里是银河系中最恐怖的区域，这并不仅仅是因为辐射和黑洞。当时，双方数量多得难以想象的战舰群为了进行战术机动，进行了大量的超短距离时空跃迁，据说当时的一些星际歼击机，在空间格斗时，时空跃迁的距离竟短到令人难以置信的几千米！这样就把古战场的时空结构搞得千疮百孔，像一块内部被老鼠钻了无数长洞的大乳酪。飞船一旦误入这个区域，可能在一瞬间被畸变的空间扭成一根细长的金属绳，或压成一张面积有几亿平方公里但厚度只有几个原子的薄膜，立刻被辐射狂风撕得粉碎。但更为常见的是飞船变为建造它们时的一块块钢板，或者立刻老得只剩下一个破旧的外壳，内部的一切都变成古老灰尘；人在这里也可能瞬间回到胚胎状态或变成一堆白骨……

但最后的决战不是神话，它就发生在一年前。在银河系第一和第二旋臂之间的荒凉太空中，硅基帝国集结了最后的力量，这支有一百五十万艘星际战舰组成的舰队在自己周围构筑了半径一千光年的反物质云屏障。碳基联邦投入攻击的第一个战舰群刚完成时空跃迁就陷入了反物质云中。反物质云十分稀薄，但对战舰具有极大的杀伤力，碳基联邦的战舰立刻变成一个个刺目的火球，但它们仍向奋勇冲向目标。每艘战舰都拖着长长的火尾，在后面留一条发着荧光的航迹，这由三十多万个火流星组成的阵列形成了碳硅战争中最为壮观最为惨烈的画面。在反物质云中，这些火流星渐渐缩小，最后在距硅基帝国战舰阵列很近的地方消失了。它们用自己的牺牲为后续的攻击舰队在反物质云中打开了一条通道。在这场战役中，硅基帝国的最后舰队被赶到银河系最荒凉的区域：第一旋臂的顶端。

现在，这支碳基联邦舰队将完成碳硅战争中最后一项使命：他们将在第一旋臂的中部建立一条五百光年宽的隔离带，隔离带中的大部分恒星将被摧毁，以制止硅基帝国的恒星蛙跳。恒星蛙跳是银河系中大吨位战舰进行远距离快速攻击的唯一途径，而一次蛙跳的最大距离是二百光年。隔离带一旦产生，硅基帝国的重型战舰要想进入银河系中心区域，只能以亚光速跨越这五百光年的距离，这样，硅基帝国实际上被禁锢在第一旋臂顶端，再也无法对银河系中心区域的碳基文明构成任何严重威胁。

“我带来了联邦议会的意愿，”参议员用振动的智能场对最高执政官说：“他们仍然强烈建议，在摧毁隔离带中的恒星前，对它们进行生命级别的保护甄别。”

“我理解议会。”最高执政官说，“在这场漫长的战争中，各种生命流出的血足够形成上千颗行星的海洋了，战后，银河系中最迫切需要重建的是对生命的尊重。这种尊重不仅是对碳基生命的，也是对硅基生命的。正是基于这种尊重，碳基联邦才没有彻底消灭硅基文明。但硅基帝国并没有这种对生命的感情，如果说碳硅战争之前，战争和征服对于它们还仅仅是一种本能和乐趣的话，现在这种东西已根植于它们的每个基因和每行代码之中，成为它们生存的终极目的。由于硅基生物对信息的存贮和处理能力大大高于我们，可以预测硅基帝国在第一旋臂顶端的恢复和发展将是神速的，所以我们必须在碳基联邦和硅基帝国之间建成足够宽的隔离带。在这种情况下，对隔离带中数以亿计的恒星进行生命级别的保护甄别是不现实的，第一旋臂虽属银河系中最荒凉的区域，但其带有生命行星的恒星数量仍可能达到蛙跳密度。这种密度足以使中型战舰进行蛙跳，而即使只有一艘硅基帝国的中型战舰闯入碳基联邦的疆域，可能造成的破坏也是巨大的。所以在隔离带中只能进行文明级别的甄别。我们不得不牺牲隔离带中某些恒星周围的低级生命，是为了拯救银河系中更多的高级和低级生命。这一点我已向议会说明。”

参议员说：“议会也理解您和联邦防御委员会，所以我带来的只是建议而不是立法。但隔离带中周围已形成3C级以上文明的恒星必须被保护。”

“这一点无须质疑，”最高执政官的智能场闪现出坚定的红色：“对隔离带中带有行星的恒星的文明检测将是十分严格的！”

舰队统帅的智能场第一次发出信息：“其实我觉得你们多虑了，第一旋臂是银河系中最荒凉的荒漠，那里不会有3C级以上文明的。”

“但愿如此。”最高执政官和参议员同时发出了这个信息，他们智能场的共振使一道弧形的等离子体波纹向银色金属大地的上空扩散开去。

舰队开始了第二次时空跃迁，以近乎无限的速度奔向银河系的第一旋臂。

夜深了，烛光中，全班的娃们围在老师的病床前。

“老师歇着吧，明儿个讲也行的。”一个男娃说。

他艰难地苦笑了一下：“明儿个有明儿个的课。”

他想，如果真能拖到明天当然好，那就再讲一堂课。但直觉告诉他怕是不行了。

他做了个手势，一个娃把一块小黑板放到他胸前的被单上，这最后一个月，他就是这样把课讲下来的。他用软弱无力的手接过娃递过来的半截粉笔，吃力地把粉笔头放到黑板上。这时这是又一阵剧痛袭来，手颤抖了几下，粉笔嗒嗒地在黑板上敲出了几个白点儿。从省城回来后，他再也没去过医院。两个月后，他的肝部疼了起来，他知道癌细胞已转移到那儿了，这种疼痛越来越厉害，最后变成了压倒一切的痛苦。他一只手在枕头下摸索着，找出了一些止痛片，是最常见的用塑料长条包装的那种。对于癌症晚期的剧痛，这药已经没有任何作用，可能是由于精神暗示，他吃了后总觉得好一些。杜冷丁倒是也不算贵，但医院不让带出来用，就是带回来也没人给他注射。他像往常一样从塑料条上取下两片药来，但想了想，便把所有剩下的十二片全剥出来，一把吞了下去，他知道以后再也用不着了。他又挣扎着想向黑板上写字，但头突然偏向一边，一个娃赶紧把盆接到他嘴边，他吐出了一口黑红的血，然后虚弱地靠在枕头上喘息着。

娃们中传出了低低的抽泣声。

他放弃了在黑板上写字的努力，无力地挥了一下手，让一个娃把黑板拿走。他开始说话，声音如游丝一般。

“今天的课同前两天一样，也是初中的课。这本来不是教学大纲要求的，我是想到，你们中的大部分人，这一辈子永远也听不到初中的课了，所以我最后讲一讲，也让你们知道稍深一些的学问是什么样子。昨天讲了鲁迅的《狂人日记》，你们肯定不大懂，但不管懂不懂都要多看几遍，最好能背下来，等长大了，总会懂的。鲁迅是个很了不起的人，他的书每一个中国人都应该读读的，你们将来也一定找来读读。”

他累了，停下来喘息着歇歇，看着跳动的烛光，鲁迅写下的几段文字在他脑海中浮现出来。那不是《狂人日记》中的，课本上没有，他是从自己那套本数不全已经翻烂的鲁迅全集上读到的。许多年前读第一遍时，那些文字就深深地刻在他脑子里。

“假如一间铁屋子，是绝无窗户而万难破毁的，里面有许多熟睡的人们，不久都要闷死了，然而是从昏睡入死灭，并不感到就死的悲哀。现在你大嚷起来，惊起了较为清醒的几个人，使这不幸的少数者来受无可挽救的临终的苦楚，你倒以为对得起他们么？

然而几个人既然起来，你不能说决没有毁坏这铁屋的希望。”

他用尽最后的力气，接着讲下去。

“今天我们讲初中物理。物理你们以前可能没有听说过，它讲的是物质世界的道理，是一门很深很深的学问。

“这课讲牛顿三定律。牛顿是从前的一个英国大科学家，他说了三句话，这三句话很神的，它把人间天上所有的东西的规律都包括进去了，上到太阳月亮，下到流水刮风，都跑不出这三句话划定的圈圈。用这三句话，可以算出什么时候日食，就是村里老人说的天狗吃太阳，一分一秒都不差的；人飞上月球，也要靠这三句话，这就是牛顿三定律。

“下面讲第一定律：当一个物体没有受到外力作用时，它将保持静止或匀速直线运动不变。”

娃们在烛光中默默地看着他，没有反应。

“就是说，你猛推一下谷场上那个石碾子，它就一直滚下去，滚到天边也不停下来。宝柱你笑什么？是啊，它当然不会那样，这是因为有摩擦力，摩擦力让它停下来，这世界上，没有摩擦力的环境可是没有的……”

是啊，他人生的摩擦力就太大了。在村里他是外姓人，本来就没什么分量，加上他这个倔脾气，这些年来把全村人都得罪下了。他挨家挨户拉人家的娃入学，跑到县里，把跟着爹做买卖的娃拉回来上学，拍着胸脯保证垫学费……这一切并没有赢得多少感激，关键在于，他对过日子的看法同周围人太不一样，成天想的说的，都是些不着边际的事，这是最让人讨厌的。在他查出病来之前，他曾跑县里，居然从教育局跑回一笔维修学校的款子，村子里只拿出了一小部分，想过节请个戏班子唱两天戏，结果让他搅了，愣从县里拉过个副县长来，让村里把钱拿回来。可当时戏台子都搭好了。学校倒是修了，但他扫了全村人的兴，以后的日子更难过。先是村里的电工，村长的侄子，把学校的电掐了，接着做饭取暖用的秸秆村里也不给了，害得他扔下自个的地下不了种，一人上山打柴，更别提后来拆校舍的房椽子那事了……这些摩擦力无所不在，让他心力交瘁，让他无法做匀速直线运动，他不得不停下来了。

也许，他就要去的那个世界是没有摩擦力的，那里的一切都是光滑可爱的。但那有什么意义？在那边，他心仍留在这个充满灰尘和摩擦力的世界上，留在这所他倾注了全部生命的乡村小学里。他不在了以后，剩下的两个教师也会离去，这所他用力推了一辈子的小学校就会像谷场上那个石碾子一样停下来。他陷入深深的悲哀，但不论在这个世界或是那个世界，他都无力回天。

“牛顿第二定律比较难懂，我们最后讲。下面先讲牛顿第三定律：当一个物体对第二个物体施加一个力，这第二个物体也会对第一个物体施加一个力，这两个力大小相等，方向相反。”

娃们又陷入了长时间的沉默。

“听懂了没？谁说说？”

班上学习最好的赵拉宝说：“我知道是啥意思，可总觉得说不通：晌午我和李权贵打架，他把我的脸打得那么痛，肿起来了，所以作用力不相等的，我受的肯定比他大嘛！”

喘息了好一会，他才解释说：“你痛是因为你的腮帮子比权贵的拳头软，它们相互的作用力还是相等的……”

他想用手比划一下，但手已抬不起来了，他感到四肢像铁块一样沉，这沉重感很快扩散到全身，他感到自己的躯体像要压塌床板，陷入地下似的。

时间不多了。

“目标编号：1033715，绝对目视星等：3.5，演化阶段：主星序偏上，发现两颗行星，平均轨道半径分别为 1.3 和 4.7 个距离单位，在一号行星上发现生命，这是红 69012 舰报告。”

碳基联邦星际舰队的十万艘战舰目前已散布在一条长一万光年的带状区域中，这就是正在建立的隔离带。工程刚刚开始，只是试验性地摧毁了五千颗恒星，其中带有行星的只有 137 颗，而行星上有生命的这是第一颗。

“第一旋臂真是个荒凉的地方啊。”最高执政官感叹道。他的智能场振动了一下，用全息图隐去了脚下的旗舰和上方的星空，使他、舰队统帅和参议员悬浮于无际的黑色虚空中。接着，他调出了探测器发回的图像：虚空中出现了一个发着蓝光的火球，最高执政官的智能场产生了一个白色的方框，那方框调整大小，圈住了这颗恒星并把它的图像隐去了，他们于是又陷入无边的黑暗之中。但这黑暗中有一个小小的黄色光点，图像的焦距开始大幅度调整，行星的图象以令人目眩的速度推向前来，很快占满了半个虚空，三个人都沉浸在它反射的橙黄色光芒中。

这是一颗被浓密大气包裹着的行星，在它那橙黄色的气体海洋上，汹涌的大气运动描绘出了不断变幻的极端复杂的线条。行星图像继续移向前来，直到占据了整个宇宙，三个人被橙黄色的气体海洋吞没了。探测器带着他们在这浓雾中穿行，很快雾气稀薄了一些，他们看到了这颗行星上的生命。

那是一群在浓密大气上层飘浮的气球状生物，表面有着美丽的花纹，那花纹不停在变幻着色彩和形状，时而呈条纹状，时而呈斑点状，不知这是不是一种可视语言。每个气球都有一条长尾，那长尾的尾端不时眩目地闪烁一下，光沿着长尾传到气球上，化为一片弥漫的荧光。

“开始四维扫描！”红 69012 舰上的一名上尉值勤军

官说。

一束极细的波束开始从上至下飞快地扫描那群气球。这束波只有几个原子粗细，但它的波管内的空间维度比外部宇宙多一维。扫描数据传回舰上，在主计算机的内存中，那群气球被切成了几亿亿个薄片，每个薄片的厚度只有一个原子的尺度。在这个薄片上，每个夸克的状态都被精确地记录下来。

“开始数据镜像组合！”

主计算机的内存中，那几亿亿个薄片按原有顺序叠加起来，很快，组合成一群虚拟气球，在计算机内部广漠的数字宇宙中，这个行星上的那群生物体有了精确的复制品。

“开始3C级文明测试！”

在数字宇宙中，计算机敏锐地定位了气球的思维器官，它是悬在气球内部错综复杂的神经丛中间的一个椭圆体。计算机在瞬间分析了这个大脑的结构，并越过所有低级感官，直接同它建立了高速信息接口。

文明测试是从一个庞大的数据库中任意地选取试题，测试对象如果能答对其中三道，则测试通过；如果头三道题没有答对，测试者有两种选择：可以认为测试没有通过，或者继续测试，题数不限，直到被测试者答对的题数达到三道，这时可认为其通过测试.

“3C 文明测试试题 1 号：请叙述你们已探知的组成物质的最小单元。”

“滴滴，嘟嘟嘟，滴滴滴滴。”气球回答。

“1 号试题测试未通过。3C 文明测试试题 2 号：你们观察到物体中热能的流向有什么特点？这种流向是否可逆？”

“嘟嘟嘟，滴滴，滴滴嘟嘟。”气球回答。

“2 号试题测试未通过。3C 文明测试试题 3 号：圆的周长和它的直径之比是多少？”

“滴滴滴滴嘟嘟嘟嘟嘟。”气球回答。

“3 号试题测试未通过。3C 文明测试试题 4 号……”

“到此为止吧，”当测试题数达到十道时，最高执政官说：“我们时间不多。”他转身对旁边的舰队统帅示意了一下。

“发射奇点炸弹！”舰队统帅命令。

奇点炸弹实际上是没有大小的，它是一个严格意义上的几何点，一个原子同它相比都是无穷大，虽然最大的奇点炸弹质量有上百亿吨，最小的也有几千万吨。但当一颗奇点炸弹沿着长长的导轨从红69012舰的武器舱中滑出时，却可以看到一个直径达几百米的发着幽幽荧光的球体，这荧光是周围的太空尘埃被吸入这个微型黑洞时产生的辐射。同那些恒星引力坍缩形成的黑洞不同，这些小黑洞在宇宙创世之初就形成了，它们是大爆炸前的奇点宇宙的微缩模型。碳基联邦和硅基帝国都有庞大的船队，游弋在银河系银道面外的黑暗荒漠搜集这些微型黑洞，一些海洋行星上的种群把它们戏称为“远洋捕鱼船队”，而这些船队带回的东西，是银河系中最具威慑力的武器之一，是迄今为止唯一能够摧毁恒星的武器。

奇点炸弹脱离导轨后，沿一条由母舰发出的力场束加速，直奔目标恒星。过了不长的一段时间，这颗灰尘似的黑洞高速射入了恒星表面火的海洋。想象在太平洋的中部突然出现一个半径一百公里的深井，就可以大概把握这时的情形。巨量的恒星物质开始被吸入黑洞，那汹涌的物质洪流从所有方向会聚到一点并消失在那里，物质吸入时产生的辐射在恒星表面产生一团刺目的光球，仿佛恒星戴上了一个光彩夺目的钻石戒指。随着黑洞向恒星内部沉下去，光团暗淡下来，可以看到它处于一个直径达几百万公里的大漩涡正中，那巨大的旋涡散射着光团的强光，缓缓转动着，呈现出飞速变幻的色彩，使恒星从这个方向看去仿佛是一张狰狞的巨脸。很快，光团消失了，旋涡渐渐消失，恒星表面似乎又恢复了它原来的色彩和光度。但这只是毁灭前最后的平静，随着黑洞向恒星中心下沉，这个贪婪的饕餮者更疯狂地吞食周围密度急剧增高的物质，它在一秒钟内吸入的恒星物质总量可能有上百个中等行星。黑洞巨量吸入时产生的超强辐射向恒星表面漫延，由于恒星物质的阻滞，只有一小部分到达了表面，但其余的辐射把它们的能量留在了恒星内部，这能量快速破坏着恒星的每一个细胞，从整体上把它飞快地拉离平衡态。从外部看，恒星的色彩在缓缓变化，由浅红色变为明黄色，从明黄色变为鲜艳的绿色，从绿色变为如洗的碧蓝，从碧蓝变为恐怖的紫色。这时，在恒星中心的黑洞产生的辐射能已远远大于恒星本身辐射的能量，随着更多的能量以非可见光形式溢出恒星，这紫色在加深，这颗恒星看上去像太空中一个在忍受着超级痛苦的灵魂，这痛苦在急剧增大，紫色已深到了极限，这颗恒星用不到一个小时的时间走完了它未来几十亿年的旅程。

一团似乎吞没整个宇宙的强光闪起，然后慢慢消失，在原来恒星所在的位置上，可以看到一个急剧膨胀的薄球层，像一个被吹大的气球，这是被炸飞的恒星表面。随着薄球层体积的增大，它变得透明了，可以看到它内部的第二个膨胀的薄球层，然后又可以看到更深处的第三个薄球层……这个爆炸中的恒星，就像宇宙中突然显现的一个套一个的一组玲珑剔透的镂花玻璃球，其中最深处的一个薄球层的体积也是恒星原来体积的几十万倍。当爆炸的恒星的第一层膨胀外壳穿过那个橙黄色行星时，它立刻被气化了。其实在这整个爆炸的壮丽场景中根本就看不到它，同那膨胀的恒星外壳相比，它只是一粒微不足道的灰尘，其大小甚至不能成为那几层缕花玻璃球上的一个小点。

“你们感到消沉？”舰队统帅问，他看到最高执政官和参议员的智能场暗下来了。

“又一个生命世界毁灭了，像烈日下的露珠。”

“那您就想想伟大的第二旋臂战役，当两千多颗超新星被引爆时，有十二万个这样的世界同碳硅双方的舰队一起化为蒸汽。阁下，时至今日，我们应该超越这种无谓的多愁善感了。”

参议员没有理会舰队统帅的话，也对最高执政官说：

“这种对行星表面取随机点的检测方式是不可靠的，可能漏掉行星表面的文明特征，我们应该进行面积检测。”

最高执政官说：“这一点我也同议会讨论过，在隔离带中我们要摧毁的恒星有上亿颗，这其中估计有一千万个行星系，行星数量可能达五千万颗，我们时间紧迫，对每颗行星都进行面积检测是不现实的。我们只能尽量加宽检测波束，以增大随机点覆盖的面积，除此之外，只能祈祷隔离带中那些可能存在的文明在其星球表面的分布尽量均匀了。”

“下面我们讲牛顿第二定律……”

他心急如焚，极力想在有限的时间里给娃们多讲一些。

“一个物体的加速度，与它所受的力成正比，与它的质量成反比。首先，加速度，这是速度随时间的变化率，它与速度是不同的，速度大加速度不一定大，加速度大速度也不一定大。比如：一个物体现在的速度是 110 米每秒，2 秒后的速度是 120 米每秒，那么它的加速度就是 120 减 110 除 2.5 米每秒，呵，不对，5 米每秒的平方；另一个物体现在的速度是 10 米每秒，2 秒后的速度是 30 米每秒，那么它的加速度就是 30 减 10 除 2，10 米每秒平方；看，后面这个物体虽然速度小，但加速度大！呵，刚才说到平方，平方就是一个数自个儿乘自个儿……”

他惊奇自己的头脑如此清晰，思维如此敏捷，他知道，自己生命的蜡烛已燃到根上，棉芯倒下了，把最后的一小块蜡全部引燃了，一团比以前的烛苗亮十倍的火焰熊熊燃烧起来。剧痛消失了，身体也不再沉重，其实他已感觉不到身体的存在，他的全部生命似乎只剩下那个在疯狂运行的大脑，那个悬在空中的大脑竭尽全力，尽量多尽量快地把自己存贮的信息输出给周围的娃们。但说话是个该死的瓶颈，他知道来不及了。他眼前产生了一个幻象：一把水晶样的斧子把自己的大脑无声地劈开，他一生中积累的那些知识，虽不是很多但他很看重的，像一把发光的小珠子毫无保留地落在地上，发出一阵悦耳的叮当声。娃们像见到过年的糖果一样抢那些小珠子，摞成一堆……这幻象让他有一种幸福的感觉。

“你们听懂了没？”他焦急地问。他的眼睛已经看不到周围的娃们，但还能听到他们的声音。

“我们懂了！老师快歇着吧！”

他感觉到那团最后的火焰在弱下去，“我知道你们不懂，但你们把它背下来，以后慢慢会懂的。一个物体的加速度，与它所受的力成正比，与它的质量成反比。”

“老师，我们真懂了，求求你快歇着吧！”

他用尽最后的力气喊道：“背呀！”

娃们抽泣着背了起来：“一个物体的加速度，与它所受的力成正比，与它的质量成反比。一个物体的加速度，与它所受的力成正比，与它的质量成反比……”

这几百年前就在欧洲化为尘土的卓越头脑产生的思想，以浓重西北方言的童音在二十世纪中国最偏僻的山村中回荡，就在这声音中，那烛苗灭了。

娃们围着老师已没有生命的躯体大哭起来。

“目标编号：500921473，绝对目视星等：4.71，演化阶段：主星序正中，带有九颗行星。这是蓝84210号舰报告。”

“一个精致完美的行星系。”舰队统帅赞叹。

最高执政官很有同感：“是的，它的固态小体积行星和气液态大体积行星的配置很有韵律感，小行星带的位置恰到好处，像一条美妙的装饰链。还有最外侧那颗小小的甲烷冰行星，似乎是这首音乐最后一个余音未尽的音符，暗示着某种新周期的开始。”

“这是蓝 84210 号舰，将对最内侧 1 号行星进行生命检测，检测波束发射。该行星没有大气，自转缓慢，温差悬殊。1 号随机点检测，白色结果；2 号随机点检测，白色结果……10 号随机点检测，白色结果。蓝 84210 号舰报告，该行星没有生命。

舰队统帅不以为然地说：“这颗行星的表面温度可以当冶炼炉了，没必要浪费时间。”

“开始 2 号行星生命检测，波束发射。该行星有稠密大气，表面温度较高且均匀，大部为酸性云层覆盖。1 号随机点检测，白色结果；2 号随机点检测，白色结果……10 号随机点检测，白色结果。蓝 84210 号舰报告，该行星没有生命。”

通过四维通讯，最高执政官对一千光年之外蓝 84210 号舰上的值勤军官说：“直觉告诉我，3 号行星有生命可能性很大，在它上面检测 30 个随机点。”

“阁下，我们时间很紧了。”舰队统帅说。

“照我说的做。”最高执政官坚定地说。

“是，阁下。开始 3 号行星生命检测，波束发射。该行星有中等密度的大气，表面大部为海洋覆盖……”

来自太空的生命检测波束落到了亚洲大陆靠南一些的一点上，波束在地面上形成了一个约五千米的圆形。如果是在白天，用肉眼有可能觉察到波束的存在，因为当波束到达时，在它的覆盖范围内，一切无生命的物体都将变成透明状态。现在它覆盖的中国西北的这片山区，那些黄土山在观察者的眼里将如同水晶的山脉，阳光在山脉中折射，将是一幅十分奇异壮观的景象，观察者还会看到脚下的大地变成深不可测的深渊；而被波束判断为有生命的物体则保持原状态不变，人、树木和草在这水晶世界中显得格外清晰醒目。但这效应只持续半秒钟，这期间检测波束完成初始化，之后一切恢复原状。观察者肯定会认为自己产生了一瞬间的幻觉。而现在，这里正是深夜，自然难以觉察到什么了。

这所山村小学，正好位于检测波束圆形覆盖区的圆心上。

“1 号随机点检测，结果……绿色结果，绿色结果！蓝 84210 号舰报告，目标编号：500921473，第 3 号行星发现生命！”

检测波束对覆盖范围内的众多种类生命体进行分类，在以生命结构的复杂度和初步估计的智能等级进行排序的数据库中，在一个方形掩蔽物下的那一簇生命体排在首位。于是波束迅速收缩，会聚到那座掩蔽物上。

最高执政官的智能场接收到从蓝 84210 号舰上发回的图像，并把它放大到整个太空背景上，那所山村小学的影像在瞬间占据了整个宇宙。图像处理系统已经隐去了掩蔽物，但那簇生命体的图像仍不清晰，这些生命体的外形太不醒目了，几乎同周围行星表面以硅元素为主的黄色土壤融为一体。计算机只好把图像中所有的无生命部分，包括这些生命体中间的那具体形较大的已没有生命的躯体，全部隐去，这样那一簇生命体就仿佛悬浮在虚空之中，即使如此，它们看上去仍是那么平淡和缺乏色彩，像一簇黄色的植物，一看就知是那种在他们身上不会发生任何奇迹的生物。

一束纤细的四维波束从蓝 84210 号舰发射，这艘有一个月球大小的星际战舰正停泊在木星轨道之外，使太阳系暂时多了一颗行星。那束四维波束在三维太空中以接近无限的速度到达地球，穿过那所乡村小学校舍的屋顶，以基本粒子的精度对这十八个孩子进行扫描。数据的洪流以人类难以想象的速率传回太空，很快，在蓝 84210 号舰主计算机那比宇宙更广阔的内存中，孩子们的数字复制体形成了。

十八个孩子悬浮在一个无际的空间里，那空间呈一种无法形容的色彩，实际上那不是色彩，虚无是没有色彩的，虚无是透明中的透明。孩子们都不由想拉住旁边的伙伴，他们看上去很正常，但手从他们身体里毫无阻力地穿过去了。孩子们感到了难以形容的恐惧。计算机觉察到了这一点，它认为这些生命体需要一些熟悉的东西，于是在自己的内存宇宙的这一部分模拟这个行星天空的颜色。孩子们立刻看到了蓝天，没有太阳没有云更没有浮尘，只有蓝色，那么纯净，那么深邃。孩子们的脚下没有大地，也是与头顶一样的蓝天，他们似乎置身于一个无限的蓝色宇宙中，而他们是这宇宙中唯一的实体。计算机感觉到，这些数字生命体仍然处于惊恐中，它用了亿分之一秒想了想，终于明白了：银河系中大多数生命体并不惧怕悬浮于虚空之中，但这些生命体不同，他们是大地上的生物。于是它给了孩子们一个大地，并给了他们重力感。孩子们惊奇地看着脚下突然出现的大地，它是纯白色的，上面有黑线划出的整齐方格，他们仿佛站在一个无限广阔的语文作业本上。他们中有人蹲下来摸摸地面，这是他们见过的最光滑的东西，他们迈开双脚走，但原地不动，这地面是绝对光滑的，摩擦力为零，他们很惊奇自己为什么不会滑倒。这时有个孩子脱下自己的一只鞋子，沿着地面扔出去，那鞋子以匀速直线运行向前滑去，孩子们呆呆地看着它以恒定的速度渐渐远去。

他们看到了牛顿第一定律。

有一个声音，空灵而悠扬，在这数字宇宙中回荡。

“开始3C级文明测试，3C文明测试试题1号：请叙述你所在星球生物进化的基本原理，是自然淘汰型还是基因突变型？”

孩子茫然地沉默着。

“3C文明测试试题2号：请简要说明恒星能量的来源。”

孩子茫然地沉默着。

……

“3C文明测试试题10号：请说明构成你们星球上海洋的液体的分子构成。”

孩子仍然茫然地沉默着。

那只鞋在遥远的地平线处变成一个小黑点消失了。

“到此为止吧！”在一千光年之外，舰队统帅对最高执政官说，“不能再耽误时间了，否则我们肯定不能按时完成第一阶段的任务。”

最高执政官的智能场发出了微弱的表示同意的振动。

“发射奇点炸弹！”

载有命令信息的波束越过四维空间，瞬间到达了停泊在太阳系中的蓝84210号舰。那个发着幽幽荧光的雾球滑出了战舰前方长长的导轨，沿着看不见的力场束急剧加速，向太阳扑去。

最高执政官、参议员和舰队统帅把注意力转向了隔离带的其它区域，那里，又发现了几个有生命的行星系，但其中最高级的生命是一种生活在泥浆中的无脑蠕虫。接连爆炸的恒星象宇宙中怒放的焰火，使他们想起了史诗般的第二旋臂战役。

不知过了多长时间，最高执政官智能场的一小部分下意识地游移到太阳系，他听到了蓝84210号舰舰长的声音：

“准备脱离爆炸威力圈，时空跃迁准备，三十秒倒数！”

“等一下，奇点炸弹到达目标还需多长时间？”最高执政官说，舰队统帅和参议员的注意力也被吸引过来。

“它正越过内侧1号行星的轨道，大约还有十分钟。”

“用五分钟时间，再进行一些测试吧。”

“是，阁下。”

接着听到了蓝 84210 号舰值勤军官的声音：“3C 文明测试试题 11 号：一个三维平面上的直角三角形，它的三条边的关系是什么？”

沉默。

“3C 文明测试试题 12 号：你们的星球是你们行星系的第几颗行星？”

沉默。

“这没有意义，阁下。”舰队统帅说。

“3C 文明测试试题 13 号：当一个物体没有受到外力作用时，它的运行状态如何？”

数字宇宙广漠的蓝色空间中突然响起了孩子们清脆的声音：“当一个物体没有受到外力作用时，它将保持静止或匀速直线运动不变。”

“3C 文明测试试题 13 号通过！ 3C 文明测试试题 14 号……”

“等等！”参议员打断了值勤军官，“下一道试题也出关于低速力学基本近似定律的。”他又问最高执政官：“这不违反测试准则吧。”

“当然不，只要是测试数据库中的试题。”舰队统帅代为回答，这些令他大感意外的生命体把他的注意力全部吸引过来了。

“3C 文明测试试题 14 号：请叙述相互作用的两个物体间力的关系。”

孩子们说：“当一个物体对第二个物体施加一个力，这第二个物体也会对第一个物体施加一个力，这两个力大小相等，方向相反！”

“3C 文明测试试题 14 号通过！ 3C 文明测试试题 15 号：对于一个物体，请说明它的质量、所受外力和加速度之间的关系。”

孩子们齐声说：“一个物体的加速度，与它所受的力成正比，与它的质量成反比！”

“3C 文明测试试题 15 号通过，文明测试通过！确定目标恒星 500921473 的 3 号行星上存在 3C 级文明。”

“奇点炸弹转向！脱离目标！”最高执政官的智能场急剧闪动着，用最大的能量把命令通过超空间传送到蓝 84210 号舰上。

在太阳系，推送奇点炸弹的力场束弯曲了，这根长几亿公里的力场束此时像一根弓起的长杆，努力把奇点炸弹挑离射向太阳的轨道。蓝84210号舰上的力场发动机以最大功率工作，巨大的散热片由暗红变为耀眼的白炽色。力场束向外的推力分量开始显示出效果，奇点炸弹的轨道开始弯曲，但它已越过水星轨道，距太阳太近了，谁也不知道这努力是否能成功。通过超空间直播，全银河系都在盯着那个模糊的雾团的轨迹，并看到它的亮度急剧增大，这是一个可怕的迹象，说明炸弹已能感受到太阳外围空间粒子密度的增大。舰长的手已放到了那个红色的时空跃迁启动按钮上，以在奇点炸弹击中太阳前的一刹那脱离这个空间。但奇点炸弹最终像一颗子弹一样擦过太阳的边缘，当它以仅几万米的高度掠过太阳表面上空时，由于黑洞吸入太阳大气中大量的物质，亮度增到最大，使得太阳边缘出现了一个刺眼的蓝白色光球，使它在这一刻看上去像一个紧密的双星系统，这奇观对人类将一直是个难解的谜。蓝白色光球飞速掠过时，下面太阳浩瀚的火海黯然失色。像一艘快艇掠过平静的水面，黑洞的引力在太阳表面划出了一道V型的划痕，这划痕扩展到太阳的整个半球才消失。奇点炸弹撞断了一条日珥，这条从太阳表面升起的百万公里长的美丽轻纱在高速冲击下，碎成一群欢快舞蹈着的小小的等离子体旋涡……奇点炸弹掠过太阳后，亮度很快暗下来，最后消失在茫茫太空的永恒之夜中。

“我们险些毁灭了一个碳基文明。”参议员长出一口气说。

“真是不可思议，在这么荒凉的地方竟会存在3C级文明！”舰队统帅感叹说。

“是啊，无论是碳基联邦，还是硅基帝国，其文明扩展和培植计划都不包括这一区域，如果这是一个自己进化的文明，那可是一件很不寻常的事。”最高执政官说。

“蓝84210号舰，你们继续留在那个行星系，对3号行星进行全表面文明检测，你舰前面的任务将由其它舰只接替。”舰队司令命令道。

同他们在木星轨道之外的数字复制品不一样，山村小学中的那些娃们丝毫没有觉察到什么，在那间校舍里的烛光下，他们只是围着老师的遗体哭啊哭。不知哭了多长时间，娃们最后安静下来。

“咱们去村里告诉大人吧。”郭翠花抽泣着说。

“那又咋的？”刘宝柱低着头说，“老师活着时村里的人都腻歪他，这会儿肯定连棺材钱都没人给他出呢！”

最后，娃们决定自己掩埋自己的老师。他们拿了锄头铁锹，在学校旁边的山地上开始挖墓坑，灿烂的群星在整个宇宙中静静地看着他们。

“天啊！这颗行星上的文明不是3C级，是5B级！”看着蓝84210号舰从一千光年之外发回的检测报告，参议员惊呼起来。

人类城市的摩天大楼群的影像在旗舰上方的太空中显现。

“他们已经开始使用核能，并用化学推进方式进入太空，甚至已登上了他们所在行星的卫星。”

“他们基本特征是什么？”舰队统帅问。

“您想知道哪些方面？”蓝84210号上的值勤军官问。

“比如，这个行星上生命体记忆遗传的等级是多少？”

“他们没有记忆遗传，所有记忆都是后天取得的。”

“那么，他们的个体相互之间的信息交流方式是什么？”

“极其原始，也十分罕见。他们身体内有一种很薄的器官，这种器官在这个行星以氧氮为主的大气中振动时可产生声波，同时把要传输的信息调制到声波之中，接收方也用一种薄膜器官从声波中接收信息。”

“这种方式信息传输的速率是多大？”

“大约每秒 1 至 10 比特。”

“什么？”旗舰上听到这话的所有人都大笑起来。

“真的是每秒 1 至 10 比特，我们开始也不相信，但反复核实过。”

“上尉，你是个白痴吗！”舰队统帅大怒，“你是想告诉我们，一种没有记忆遗传，相互间用声波进行信息交流，并且是以令人难以置信的每秒 1 至 10 比特的速率进行交流的物种，能创造出 5B 级文明？而且这种文明是在没有任何外部高级文明培植的情况下自行进化的！”

“但，阁下，确实如此。”

“但在这种状态下，这个物种根本不可能在每代之间积累和传递知识，而这是文明进化所必需的！”

“他们有一种个体，有一定数量，分布于这个种群的各个角落，这类个体充当两代生命体之间知识传递的媒介。”

“听起来像神话。”

“不，”参议员说：“在银河文明的太古时代，确实有过这个概念，但即使在那时也极其罕见，除了我们这些星系文明进化史的专业研究者，很少有人知道。”

“你是说那种在两代生命体之间传递知识的个体？”

“他们叫教师。”

“教——师？”

“一个早已消失的太古文明词汇，很生僻，在一般的古词汇数据库中都查不到。”

这时，从太阳系发回的全息影像焦距拉长，显示出蔚蓝色的地球在太空中缓缓转动。

最高执政官说：“在银河系联邦时代，独立进化的文明十分罕见，能进化到5B级的更是绝无仅有，我们应该让这个文明继续不受干扰地进化下去，对它的观察和研究，不仅有助于我们对太古文明的研究，对今天的银河文明也有启示。”

“那就让蓝84210号舰立刻离开那个行星系吧，并把这颗恒星周围一百光年的范围列为禁航区。”舰队统帅说。

北半球失眠的人，会看到星空突然微微抖动，那抖动从空中的一点发出，呈圆形向整个星空扩展，仿佛星空是一汪静水，有人用手指在水中央点了一下似的。

蓝 84210 号舰跃迁时产生的时空激波到达地球时已大大衰减，只使地球上所有的时钟都快了 3 秒，但在三维空间中的人类是不可能觉察到这一效应的。

“很遗憾，”最高执政官说：“如果没有高级文明的培植，他们还要在亚光速和三维时空中被禁锢两千年，至少还需一千年时间才能掌握和使用湮灭能量，两千年后才能通过多维时空进行通讯，至于通过超空间跃迁进行宇宙航行，可能是五千年后的事了。至少要一万年，他们才具备加入银河系碳基文明大家庭的基本条件。”

参议员说：“文明的这种孤独进化，是银河系太古时代才有的事。如果那古老的记载正确，我那太古的祖先生活在一个海洋行星的深海中。在那黑暗世界中的无数个王朝后，一个庞大的探险计划开始了，他们发射了第一个外空飞船，那是一个透明浮力小球，经过漫长的路程浮上海面。当时正是深夜，小球中的先祖第一次看到了星空……你们能够想象，那对他们是怎样的壮丽和神秘啊！”

最高执政官说：“那是一个让人向往的时代，一粒灰尘样的行星对先祖都是一个无限广阔的世界，在那绿色的海洋和紫色的草原上，先祖敬畏地面对群星……这感觉我们已丢失千万年了。”

“可我现在又找回了它！”参议员指着地球的影像说。看着那蓝色的晶莹球体上浮动着雪白的云纹，他觉得她真像来自祖先星球海洋中的一种美丽的珍珠。“看这个小小的世界，她上面的生命体在过着自己的生活，做着自己的梦，对我们的存在，对银河系中的战争和毁灭全然不知，宇宙对他们来说，是希望和梦想的无限源泉，这真像一首来自太古时代的歌谣。”

他吟唱了起来，他们三人的智能场合为一体，荡漾着玫瑰色的波纹。那从遥远得无法想象的太古时代传下来的歌谣听起来悠远、神秘、苍凉，通过超空间，传遍了整个银河系。在这团由上千亿颗恒星组成的星云中，数不清的生命感到了一种久已消失的温馨和宁静。

“宇宙最不可理解之处在于它是可以理解的。”最高执政官说。

“宇宙最可理解之处在于它是不可理解的。”参议员说。

当娃们造好那座新坟时，东方已经放亮了。老师是放在从教室拆下来的一块门板上下葬的，陪他入土的是两盒粉笔和一套已翻破的小学课本。娃们在那个小小的坟头上立了一块石板，上面用粉笔写着“李老师之墓”。

只要一场雨，石板上那稚拙的字迹就会消失。用不了多长时间，这座坟和长眠在里面的人就会被外面的世界忘得干干净净。

太阳从山后露出一角，把一抹金晖投进仍沉睡着的山村；在仍处于阴影中的山谷草地上，露珠在闪着晶莹的光，只听到一两声怯生生的鸟鸣。

娃们沿着小路向村里走去，那一群小小的身影很快消失在山谷中淡蓝色的晨雾中。

他们将活下去，以在这块古老贫瘠的土地上收获的、虽然微薄、但确实存在的希望。

2000 年 8 月 8 日于娘子关

名家点评

这个乡村教师的最后一点徒劳而可悲的努力，最终拯救了人类。他那卑微的生命，融入了一个在时间和空间上都极为壮阔的太空史诗。而这个教师的意义，也被发挥到了一个广袤的宇宙的高度，一个非科幻文学作品中难以企及的高度。

我们一眼能够看到这其中的启蒙主题。事实上，无论是“五四”的启蒙运动，还是“文革”后的“新启蒙”，科学都在其中扮演了重要的角色。这跨时代的两场启蒙，都遭遇了危机与挫折。对前者而言，是“救亡压倒启蒙”。对后者来说，事情更加复杂：市场经济、消费文化、知识分子的边缘化，乃至西方知识界对启蒙的批判，都扮演了推手的角色。从 20 世纪 90 年代以来，中国文学作品中的启蒙主题，逐渐隐去。在这样的背景下，刘慈欣再回启蒙现场，意义非同寻常。

复旦大学中文系教授　严锋

《乡村教师》的成功，在于塑造了教师这一“桥梁”或者说“文明中介人”的形象。“教师”这种身份承担的不仅仅是知识信息的传播，还是人类共同生活品质的精神保证。在小说当中，“教师”的职业在外星人那里并不存在，但却能够得到他们的礼赞。这样的叙事，会让人想起卢梭和列维·斯特劳斯的人类学。不同的是，这次是我们整个地球变成了被调查的对象：我们成了外星文明的“他者”。在这一反讽戏剧的营建之中，刘慈欣与卢梭一样，剥去了人类对自己身处文明进步序列终端的虚荣，试图彰显人类自然本真的可贵。刘慈欣笔下的教师，作为科学知识的传播者不是为了满足个体的安乐生活与求知欲望而存在的，而是为了人之为人、体现着人类本质的“尊严”而存在的。在“乡村教师”身上，刘慈欣发现了中国人尊重知识背后的另一种逻辑，那就是对“师道尊严”的固有认同。

中国人民大学讲师　冯庆

刘慈欣创作谈：

这篇小说属于我创作的第一个阶段，也就是纯科幻阶段的代表作品，是最能够反映自己深层特色的作品。这篇小说描述了一个十分空灵的世界，在那里，一切现实的束缚都被抛弃，只剩下艺术和美的世界里的恣意游戏，只剩下宇宙尺度上的狂欢。

在纯科幻阶段，我认为科幻小说的成功，很大程度上取决于其幻想的绮丽与震撼的程度，这可能也是科幻小说的读者们主要寻找的东西。问题是，这种幻想从什么地方才能找到？世界各个民族都用自己最大胆最绚丽的幻想来构筑自己的创世神话，但没有一个民族的创世神话如现代宇宙学的大爆炸理论那样壮丽，那样震撼人心；生命进化漫长的故事，其曲折和浪漫，也是上帝和女娲造人的故事所无法相比的。还有广义相对论诗一样的时空观，量子物理中精灵一样的微观世界，这些科学所创造的世界不但超出了我们既有的世界，而且超出了我们可能的想象。所以，科学是科幻小说力量的源泉。但科学之美同传统的文学之美有着完全不同的表现形式，科学的美感被禁锢在冷酷的方程式中，普通人需经过巨大的努力，才能窥见她的一线光芒。而科幻小说，正是通向科学之美的一座桥梁，它把这种美从方程式中释放出来，展现在大众面前。

中篇

诗云

伊依一行三人乘一艘游艇在南太平洋上做吟诗航行，他们的目的地是南极，如果几天后能顺利地到达那里，他们将钻出地壳去看诗云。

今天，天空和海水都很清澈，对于作诗来说，世界显得太透明了。抬头望去，平时难得一见的美洲大陆清晰地出现在天空中，在东半球构成的覆盖世界的巨大穹顶上，大陆好像是墙皮脱落的区域……

哦，现在人类生活在地球里面，更准确地说，人类生活在气球里面，哦，地球已变成了气球。地球被掏空了，只剩下厚约一百公里的一层薄壳，但大陆和海洋还原封不动地存在着，只不过都跑到里面了，球壳的里面。大气层也还存在，也跑到球壳里面了，所以地球变成了气球，一个内壁贴着海洋和大陆的气球。空心地球仍在自转，但自转的意义与以前已大不相同：它产生重力，构成薄薄地壳的那点质量产生的引力是微不足道的，地球重力现在主要由自转的离心力来产生了。但这样的重力在世界各个区域是不均匀的：赤道上最强，约为 1.5 个原地球重力，随着纬度增高，重力也渐渐减小，两极地区的重力为零。现在吟诗游艇航行的纬度正好是原地球的标准重力，但很难令伊依找到已经消失的实心地球上旧世界的感觉。

空心地球的球心悬浮着一个小太阳，现在正以正午的阳光照耀着世界。这个太阳的光度在二十四小时内不停地变化，由最亮渐变至熄灭，给空心地球里面带来昼夜更替。在适当的夜里，它还会发出月亮的冷光，但只是从一点发出的，看不到圆月。

游艇上的三人中有两个其实不是人，他们中的一个是一头名叫大牙的恐龙，它高达十米的身躯一移动，游艇就跟着摇晃倾斜，这令站在船头的吟诗者很烦。吟诗者是一个干瘦老头儿，同样雪白的长发和胡须混在一起飘动，他身着唐朝的宽大古装，仙风道骨，仿佛是在海天之间挥洒写就的一个狂草字。

这就是新世界的创造者，伟大的——李白。

礼物

事情是从十年前开始的，当时，吞食帝国刚刚完成了对太阳系长达两个世纪的掠夺，来自远古的恐龙驾驶着那个直径五万公里的环形世界飞离太阳，航向天鹅座方向。吞食帝国还带走了被恐龙掠去当作小家禽饲养的十二亿人类。但就在接近土星轨道时，环形世界突然开始减速，最后竟沿原轨道返回，重新驶向太阳系内层空间。

在吞食帝国开始它的返程后的一个大环星期，使者大牙乘它那艘如古老锅炉般的飞船飞离大环，它的衣袋中装着一个叫伊依的人类。

“你是一件礼物！” 大牙对伊依说，眼睛看着舷窗外黑暗的太空，它那粗放的嗓音震得衣袋中的伊依浑身发麻。

“送给谁？”伊依在衣袋中仰头大声问，他能从袋口看到恐龙的下颚，像是一大块悬崖顶上突出的岩石。

"送给神！神来到了太阳系，这就是帝国返回的原因。"

"是真的神吗？"

"它们掌握了不可思议的技术，已经纯能化，并且能在瞬间从银河系的一端跃迁到另一端，这不就是神了。如果我们能得到那些超级技术的百分之一，吞食帝国的前景就很光明了。我们正在完成一个伟大的使命，你要学会讨神喜欢！"

"为什么选中了我，我的肉质是很次的。"伊依说，他三十多岁，与吞食帝国精心饲养的那些肌肤白嫩的人类相比，他的外貌很有些沧桑感。

"神不吃虫虫，只是收集。我听饲养员说你很特别，你好像还有很多学生？"

"我是一名诗人，现在在饲养场的家禽人中教授人类的古典文学。"伊依很吃力地念出了"诗""文学"这类在吞食语中很生僻的词。

"无用又无聊的学问，你那里的饲养员默许你授课，是因为其中的一些内容在精神上有助于改善虫虫们的肉质……我观察过，你自视清高目空一切，对于一个被饲养的小家禽来说，这应该是很有趣的。"

"诗人都是这样！"伊依在衣袋中站直，虽然知道大牙看不见，还是骄傲地昂起头。

“你的先辈参加过地球保卫战吗？”

伊依摇摇头：“我在那个时代的先辈也是诗人。”

“一种最无用的虫虫，在当时的地球上也十分稀少了。”

“他生活在自己的内心世界里，对外部世界的变化并不在意。”

“没出息……呵，我们快到了。”

听到大牙的话，伊依把头从衣袋中伸出来，透过宽大的舷窗向外看，看到了飞船前方那两个发出白光的物体，那是悬浮在太空中的一个正方形平面和一个球体，当飞船移动到与平面齐平时，它在星空的背景上短暂地消失了一下，这说明它几乎没有厚度；那个完美的球体悬浮在平面正上方，两者都发出柔和的白光，表面均匀得看不出任何特征。这两个东西仿佛是从计算机图库中取出的两个元素，是这纷乱的宇宙中两个简明而抽象的概念。

“神呢？”伊依问。

“就是这两个几何体啊，神喜欢简洁。”

距离拉近，伊依发现平面有足球场大小，飞船在向平面上降落，它的发动机喷出的火流首先接触到平面，仿佛只是接触到一个幻影，没有在上面留下任何痕迹，但伊依感到了重力和飞船接触平面时的震动，说明它不是幻影。大牙显然以前已经来过这里，没有犹豫就拉开舱门走了出去，伊依看到他同时打开了气密过渡舱的两道舱门，心一下抽紧了，但他并没有听到舱内空气涌出时的呼啸声，当大牙走出舱门后，衣袋中的伊依嗅到了清新的空气，伸出外面的脸上感到了习习的凉风……这是人和恐龙都无法理解的超级技术，它温柔和漫不经心的展示震撼了伊依，与人类第一次见到吞食者时相比，这震撼更加深入灵魂。他抬头望望，以灿烂的银河为背景，球体悬浮在他们上方。

“使者，这次你又给我带来了什么小礼物？”神问，他说的是吞食语，声音不高，仿佛从无限远处的太空深渊中传来，让伊依第一次感觉到这种粗陋的恐龙语言听起来很悦耳。

大牙把一支爪子伸进衣袋，抓出伊依放到平面上，伊依的脚底感到了平面的弹性，大牙说：“尊敬的神，得知您喜欢收集各个星系的小生物，我带来了这个很有趣的小东西：地球人类。”

“我只喜欢完美的小生物，你把这么肮脏的虫子拿来干什么？”神说，球体和平面发出的白光微微地闪动了两下，可能是表示厌恶。

“您知道这种虫虫？”大牙惊奇地抬起头。

“只是听这个旋臂的一些航行者提到过，不是太了解。在这种虫子不算长的进化史中，这些航行者曾频繁地光顾地球，这种生物的思想之猥琐、行为之低劣、其历史之混乱和肮脏，都很让他们恶心，以至于直到地球世界毁灭之前，也没有一个航行者屑于同它们建立联系……快把它扔掉。”

大牙抓起伊依，转动着硕大的脑袋看看可往哪儿扔，“垃圾焚化口在你后面。”神说，大牙一转身，看到身后的平面上突然出现了一个小圆口，里面闪着蓝幽幽的光……

“你不要这样说！人类建立了伟大的文明！”伊依用吞食语声嘶力竭地大喊。

球体和平面的白光又颤动了两次，神冷笑了两声：“文明？使者，告诉这个虫子什么是文明。”

大牙把伊依举到眼前，伊依甚至听到了恐龙的两个大眼球转动时骨碌碌的声音：“虫虫，在这个宇宙中，对一个种族文明程度的统一度量是这个种族所进入的空间的维度，只有进入六维以上空间的种族才具备加入文明大家庭的起码条件，我们尊敬的神一族已能够进入十一维空间。吞食帝国已能在实验室中小规模地进入四维空间，只能算是银河系中一个未开化的原始群落，而你们，在神的眼里也就是杂草和青苔一类的。”

“快扔了，脏死了。”神不耐烦催促道。

大牙说完，举着伊依向垃圾焚化口走去，伊依拼命挣扎，从衣服中掉出了许多白色的纸片。当那些纸片漂荡着下落时，从球体中射出一条极细的光线，当那束光线射到其中一张纸上时，它便在半空中悬住了，光线飞快地在上面扫描了一遍。

“唷，等等，这是什么东西？”

大牙把伊依悬在焚化口上方，扭头看着球体。

“那是……是我学生们的作业！”伊依在恐龙的巨掌中吃力地挣扎着说。

“这种方形的符号很有趣，它们组成的小矩阵也很好玩儿。”神说，从球体中射出的光束又飞快地扫描了已落在平面上的另外几张纸。

“那是汉……汉字，这些是用汉字写的古诗！”

“诗？”神惊奇地问，收回了光束，“使者，你应该懂一些这种虫子的文字吧？”

“当然，尊敬的神，在吞食帝国吃掉地球前，我在它们的世界生活了很长时间。”大牙把伊依放到焚化口旁边的平面上，弯腰拾起一张纸，举到眼前吃力地辨认着上面的小字：“它的大意是……”

“算了吧，你会曲解它的！”伊依挥手制止大牙说下去。

“为什么？”神很感兴趣地问。

“因为这是一种只能用古汉语表达的艺术，如果翻译成人类的其他语言，也就失去了大部分内涵和魅力，变成另一种东西了。”

“使者，你的计算机中有这种语言的数据库吗？还有有关地球历史的一切知识，好的，给我传过来吧，就用我们上次见面时建立的那个信道。”

大牙急忙返回飞船上，在舱内的电脑上鼓捣了一阵儿，嘴里嘟囔着：“古汉语部分没有，还要从帝国的网络上传过来，可能有些时滞。”伊依从敞开的舱门中看到，恐龙的大眼球中映射着电脑屏幕上变幻的彩光。当大牙从飞船上走出来时，神已经能用标准的汉语读出一张纸上的中国古诗了：

“白日依山尽，黄河入海流，欲穷千里目，更上一层楼。”

“您学得真快！”伊依惊叹道。

神没有理他，只是沉默着。

大牙解释说：“它的意思是，恒星已在行星的山后面落下，一条叫黄河的河流向着大海的方向流去，哦，这河和海都是由那种由一个氧原子和两个氢原子构成的化合物组成，要想看得更远，就应该在建筑物上登得更高些。”

神仍然沉默着。

“尊敬的神，你不久前曾君临吞食帝国，那里的景色与写这首诗的虫虫的世界十分相似，有山有河也有海，所以……”

“所以我明白诗的意思。”神说。球体突然移动到大牙头顶上，伊依感觉它就像一只盯着大牙看的没有眸子的大眼睛：“但，你，没有感觉到些什么？”

大牙茫然地摇摇头。

“我是说，隐含在这个简洁的方块符号矩阵的表面含义后面的一些东西？”

大牙显得更茫然了，于是神又吟诵了一首古诗：

“前不见古人，后不见来者，念天地之悠悠，独怆然而涕下。”

大牙赶紧殷勤地解释道：“这首诗的意思是，向前看，看不到在遥远过去曾经在这颗行星上生活过的虫虫；向后看，看不到未来将要在这行星上生活的虫虫；于是感到时空太广大了，于是哭了。”

神沉默。

“呵，哭是地球虫虫表达悲哀的一种方式，这时它们的视觉器官……”

“你仍没感觉到什么？”神打断了大牙的话问，球体又向下降了一些，几乎贴到大牙的鼻子上。

大牙这次坚定地摇摇头：“尊敬的神，我想里面没有什么的，一首很简单的小诗。”

接下来，神又连续吟诵了几首古诗，都很简短，且属于题材空灵超脱的一类，有李白的《下江陵》《静夜思》和《黄鹤楼送孟浩然之广陵》、柳宗元的《江雪》、崔颢的《黄鹤楼》、孟浩然的《春晓》等。

大牙说：“在吞食帝国，有许多长达百万行的史诗，尊敬的神，我愿意把它们全部献给您！相比之下，人类虫虫的诗是这么短小简单，就像他们的技术……”

球体忽地从大牙头顶飘开去，在半空中沿着随意的曲线飘行着：“使者，我知道你们最大的愿望就是让我回答一个问题：吞食帝国已经存在了八千万年，为什么其技术仍徘徊在原子时代？我现在有答案了。”

大牙热切地望着球体说：“尊敬的神，这个答案对我们很重要！求您……”

“尊敬的神，”伊依举起一只手大声说：“我也有一个问题，不知能不能问？”

大牙恼怒地瞪着伊依，像要把他一口吃了似的，但神说：“我仍然讨厌地球虫子，但那些小矩阵为你赢得了这个权利。”

“艺术在宇宙中普遍存在吗？”

球体在空中微微颤动，似乎在点头：“是的，我就是一名宇宙艺术的收集和研究者，我穿行于星云间，接触过众多文明的各种艺术，它们大多是庞杂而晦涩的体系，用如此少的符号，在如此小巧的矩阵中涵含着如此丰富的感觉层次和含义分支，而且这种表达还要在严酷得有些变态的诗律和音韵的约束下进行，这，我确实是第一次见到……使者，现在可以把这虫子扔了。”

大牙再次把伊依抓在爪子里：“对，该扔了它，尊敬的神，吞食帝国中心网络中存贮的人类文化资料是相当丰富的，现在您的记忆中已经拥有了所有资料，而这个虫虫，大概就记得那么几首小诗。”说着，它拿着伊依向焚化口走去。

“把这些纸片也扔了。”神说，大牙又赶紧返身去用另一只爪子收拾纸片，这时伊依在大爪中高喊：

“神啊，把这些写着人类古诗的纸片留做纪念吧！您收集到了一种不可超越的艺术，向宇宙中传播它吧！”

“等等！”神再次制止了大牙，伊依已经悬到了焚化口上方，他感到了下面蓝色火焰的热力。球体飘过来，在距伊依的额头几厘米处悬定，他同刚才的大牙一样受到了那只没有眸子的巨眼的逼视。

“不可超越？”

“哈哈哈……”大牙举着伊依大笑起来，“这个可怜的虫虫居然在伟大的神面前说这样的话，滑稽！人类还剩下什么？你们失去了地球上的一切，即便能带走的科学知识也忘得差不多了，有一次在晚餐桌上，我在吃一个人之前问它：地球保卫战争中的人类的原子弹是用什么做的？他说是原子做的！”

"哈哈哈哈……"神也让大牙逗得大笑起来，球体颤动成了椭圆，"不可能有比这更正确的回答了，哈哈哈……"

"尊敬的神，这些脏虫虫就剩下那几首小诗了！哈哈哈……"

"但它们是不可超越的！"伊依在大爪中挺起胸膛庄严地说。

球体停止了颤动，用近似耳语的声音说："技术能超越一切。"

"这与技术无关，这是人类心灵世界的精华，不可超越！"

"那是因为你不知道技术最终能具有什么样的力量，小虫子，小小的虫子，你不知道。"神的语气变得父亲般的温柔，但潜藏在深处阴冷的杀气让伊依不寒而栗，神说："看着太阳。"

伊依按神的话做了，这是位于地球和火星轨道之间的太空，太阳的光芒使他眯起了双眼。

"你最喜欢的颜色是什么？"神问。

"绿色。"

话音刚落，太阳变成了绿色。那绿色妖艳无比，太阳仿佛是一只突然浮现在太空深渊中的猫眼，在它的凝视下，整个宇宙都变得诡异无比。

大牙爪子一颤，把伊依掉在平面上。当理智稍稍恢复后，他们都意识到另一个比太阳变绿更加震撼的事实：从这里到太阳，光需行走十几分钟，但这一切都发生在一瞬间！

半分钟后，太阳恢复原状，又发出耀眼的白光。

“看到了吗？这就是技术，是这种力量使我们的种族从海底淤泥中的鼻涕虫变为神。其实技术本身才是真正的神，我们都真诚地崇拜它。”

伊依眨着昏花的双眼说：“但神并不能超越那样的艺术，我们也有神，想象中的神，我们崇拜它们，但并不认为它们能写出李白和杜甫那样的诗。”

神冷笑了两声，对伊依说：“真是一只无比固执的虫子，这使你更让人厌恶。不过，为了消遣，就让我来超越一下你们的矩阵艺术。”

伊依也冷笑了两声：“不可能的，首先你不是人，不可能有人的心灵感受，人类艺术在你那里只是石板上的花朵，技术并不能使你跨越这个障碍。”

“技术跨越这个障碍易如反掌，给我你的基因！”

伊依不知所措。“给神一根头发！”大牙提醒说。伊依伸手拔下一根头发，一股无形的吸力将头发吸向球体，后来那根头发又从球体中飘落到平面上，神只是提取了发根带着的一点皮屑。

球体中的白光涌动起来，渐渐变得透明了，里面充满了清澈的液体，浮起串串水泡。接着，伊依在液体中看到了一个蛋黄大小的球，它在射入液球的阳光中呈淡红色，仿佛自己会发光。小球很快长大，伊依认出了那是一个蜷曲着的胎儿，他肿胀的双眼紧闭着，大大的脑袋上交错着红色的血管。胎儿继续成长，小身体终于伸展开来，像青蛙似地在液球中游动着。液体渐渐变得浑浊了，透过液球的阳光只映出一个模糊的影子，看得出那个影子仍在飞速成长，最后变成了一个游动着的成人的身影。这时液球又恢复成原来那样完全不透明的白色光球，一个赤裸的人从球中掉出来，落到平面上。伊依的克隆体摇摇晃晃地站了起来，阳光在他湿漉漉的身体上闪亮，他的头发和胡子老长，但看得出来只有三四十岁的样子，除了一样的精瘦外，一点也不像伊依本人。克隆体僵僵地站着，呆滞的目光看着无限远方，似乎对这个他刚刚进入的宇宙浑然不知。在他的上方，球体的白光暗下来，最后完全熄灭了，球体本身也像蒸发似地消失了。

但这时，伊依感觉什么东西又亮了起来，很快发现那是克隆体的眼睛，它们由呆滞突然充满了智慧的灵光。后来伊依知道，神的记忆这时已全部转移到克隆体中了。

“冷，这就是冷？”一阵轻风吹来，克隆体双手抱住湿乎乎的双肩，浑身打颤，但声音中充满了惊喜，“这就是冷，这就是痛苦，精致的、完美的痛苦，我在星际间苦苦寻觅的感觉，尖锐如洞穿时空的十维弦，晶莹如类星体中心的纯能钻石，啊——”他伸开皮包骨头的双臂仰望银河，“前不见古人，后不见来者，念天地之……”一阵冷颤使克隆体的牙齿咯咯作响，赶紧停止了出生演说，跑到焚化口边烤火了。

克隆体把两手放到焚化口的蓝火焰上烤着，哆哆嗦嗦地对伊依说：“其实，我现在进行的是一项很普通的操作，当我研究和收集一种文明的艺术时，总是将自己的记忆借宿于该文明的一个个体中，这样才能保证对该艺术的完全理解。”

这时，焚化口中的火焰亮度剧增，周围的平面上也涌动着各色的光晕，使得伊依感觉整个平面像是一块漂浮在火海上的毛玻璃。

大牙低声对伊依说：“焚化口已转换为制造口了，神正在进行能——质转换。”看到伊依不太明白，他又解释说：“傻瓜，就是用纯能制造物品，上帝的活计！”

制造口突然喷出了一团白色的东西，那东西在空中展开并落了下来，原来是一件衣服！克隆体接住衣服穿了起来，伊依看到那竟是一件宽大的唐朝古装，用雪白的丝绸做成，有宽大的黑色镶边，刚才还一副可怜相的克隆体穿上它后立刻显得飘飘欲仙，伊依实在想象不出它是如何从蓝火焰中被制造出来的。

又有物品被制造出来，从制造口飞出一块黑色的东西，像一块石头一样咚地砸在平面上。伊依跑过去拾起来，不管他是否相信自己的眼睛，手中拿着的分明是一块沉重的石砚，而且还是冰凉的。接着又有什么啪地掉下来，伊依拾起那个黑色的条状物，他没猜错，这是一块墨！接着被制造出来的是几支毛笔，一个笔架，一张雪白的宣纸（从火里飞出的纸），还有几件古色古香的案头小饰品，最后制造出来的也是最大的一件东西：一张样式古老的书案！伊依和大牙忙着把书案扶正，把那些小东西在案头摆放好。

“转化成些东西的能量，足以把一颗行星炸成碎末。”大牙对伊依耳语，声音有些发颤。

克隆体走到书案旁，看着上面的摆设满意地点点头，一手理着刚刚干了的胡子，说：

“我，李白。”

伊依审视着克隆体问：“你是说想成为李白呢，还是真把自己当成了李白？”

“我就是李白，超越李白的李白！”

伊依笑着摇摇头。

“怎么，到现在你还怀疑吗？”

伊依点点头说：“不错，你们的技术远远超过了我的理解力，已与人类想象中的神力和魔法无异，即使是在诗歌艺术方面也有让我惊叹的东西：跨越如此巨大的文化和时空的鸿沟，你竟能感觉到中国古诗的内涵……但理解李白是一回事，超越他又是另一回事，我仍然认为你面对的是不可超越的艺术。”

克隆体李白的脸上浮现出高深莫测的笑容，但转瞬即逝，他手指书案，对伊依大喝一声：“研墨！”然后径自走去，在几乎走到平面边缘时站住，理着胡须遥望星河沉思起来。

伊依从书案上的一个紫砂壶中向砚上倒了一点清水，拿起那条墨研了起来。他是第一次干这个，笨拙地斜着墨条磨边角。看着砚中渐渐浓起来的墨汁，伊依想到自己正身处距太阳 1.5 个天文单位的茫茫太空中，这个无限薄的平面（即使在刚才由纯能制造物品时，从远处看它仍没有厚度）仿佛是一个漂浮在宇宙深渊中的舞台，在它上面，一头恐龙、一个被恐龙当作肉食家禽饲养的人类、一个穿着唐朝古装的准备超越李白的技术之神，正在演出一场怪诞到极点的话剧。想到这里，伊依摇头苦笑起来。

当觉得墨研得差不多了时，伊依站起来，同大牙一起等待着。这时平面上的轻风已经停止，太阳和星河静静地发着光，仿佛整个宇宙都在期待。李白静立在平面边缘，由于平面上的空气层几乎没有散射，他在阳光中的明暗部分极其分明，除了理胡须的手不时动一下外，简直就是一尊石像。伊依和大牙等啊等，时间在默默地流逝，书案上蘸满了墨的毛笔渐渐有些发干了，不知不觉，太阳的位置已移动了很多，把他们和书案、飞船的影子长长地投在平面上，书案上平铺的白纸仿佛变成了平面的一部分。终于，李白转过身来，慢步走回书案前，伊依赶紧把毛笔重新蘸了墨，用双手递了过去。但李白抬起一只手回绝了，只是看着书案上的白纸继续沉思着，他的目光中有了些新的东西。

伊依得意地看出，那是困惑和不安。

“我还要制造一些东西，那都是……易碎品，你们去小心接着。”李白指了指制造口说，那里面本来已暗淡下去的蓝焰又明亮起来。伊依和大牙刚刚跑过去，就有一股蓝色的火舌把一个球形物推出来，大牙眼疾手快地接住了它，细看是一个大坛子。接着又从蓝焰中飞出了三只大碗，伊依接住了其中的两只，有一只摔碎了。大牙把坛子抱到书案上，小心地打开封盖，一股浓烈的酒味溢了出来，它与伊依惊奇地对视了一眼。

“在我从吞食帝国接收到的地球信息中，有关人类酿造业的资料不多，所以这东西造得不一定准确。”李白说，同时指着酒坛示意伊依尝尝。

伊依拿碗从中舀了一点儿抿了一口，一股火辣从嗓子眼流到肚子里，他点点头：“是酒，但是与我们为改善肉质喝的那些相比太烈了。”

“满上。”李白指着书案上的另一个空碗说，待大牙倒满烈酒后，端起来咕咚咚一饮而尽，然后转身再次向远处走去，不时走出几个不太稳的舞步。到达平面边缘后又站在那里对着星海深思，但与上次不同的是他的身体有节奏地左右摆动，像在和着某首听不见的曲子。这次李白沉思的时间不长就走回到书案前，回来的一路上全是舞步了，他一把抓过伊依递过来的笔扔到远处。

“满上。”李白眼睛直勾勾地盯着空碗说。

……

一小时后，大牙用两个大爪小心翼翼地把烂醉如泥的李白放到已清空的书案上，但他一翻身又骨碌下来，嘴里嘀咕着恐龙和人都听不懂的语言。他已经红红绿绿地吐了一大摊（真不知是什么时候吃进的这些食物），宽大的古服上也吐得脏污一片，平面发出的白光透过那一摊呕吐物，形成了一幅很抽象的图形。李白的嘴上黑乎乎的全是墨，这是因为喝光第四碗后，他曾试图在纸上写什么，但只是把蘸饱墨的毛笔重重地戳到桌面上，接着，李白就像初学书法的小孩子那样，试图用嘴把笔理顺……

“尊敬的神？”大牙伏下身来小心翼翼地问。

“哇咦卡啊……卡啊咦唉哇。”李白大着舌头说。

大牙站起身，摇摇头叹了一口气，对伊依说：“我们走吧。”

另一条路

伊依所在的饲养场位于吞食者的赤道上，当吞食者处于太阳系内层空间时，这里曾是一片夹在两条大河之间的美丽草原。吞食者航出木星轨道后，严冬降临了，草原消失大河封冻，被饲养的人类都转到地下城中。当吞食者受到神的召唤而返回后，随着太阳的临近，大地回春，两条大河很快解冻了，草原也开始变绿。

当气候好的时候，伊依总是独自住在河边自己搭的一间简陋的草棚中，自己种地过日子。对于一般人来说这是不被允许的，但由于伊依在饲养场中讲授的古典文学课程有陶冶性情的功能，他学生的肉有一种很特别的风味，所以恐龙饲养员也就不干涉他了。

这是伊依与李白初次见面两个月后的一个黄昏，太阳刚刚从吞食帝国平直的地平线上落下，两条映着晚霞的大河在天边交汇。在河边的草棚外，微风把远处草原上欢舞的歌声隐隐送来，伊依自己和自己下围棋，抬头看到李白和大牙沿着河岸向这里走来。这时的李白已有了很大的变化，他头发蓬乱，胡子老长，脸晒得很黑，左肩背着一个粗布包，右手提着一个大葫芦，身上那件古装已破烂不堪，脚上穿着一双已磨得不像样子的草鞋，伊依觉这时的他倒更像一个人了。

李白走到围棋桌前，像前几次来一样，不看伊依一眼就把葫芦重重地向桌上一放，说："碗！"待伊依拿来两个木碗后，李白打开葫芦盖，把两个碗里倒满酒，然后又从布包中拿出一个纸包，打开来，伊依发现里面竟放着切好的熟肉。闻到扑鼻的香味，不由拿起一块嚼了起来。

大牙只是站在两三米远处静静地看着他们，有前几次的经验，它知道他们俩又要谈诗了，这种谈话他既无兴趣也没资格参与。

"好吃！"伊依赞许地点点头，"这牛肉也是纯能转化的？"

"不，我早就回归自然了。你可能没听说过，在距这里很遥远的一个牧场，饲养着来自地球的牛群。这牛肉是我亲自做的，是用山西平遥牛肉的做法，关键是在炖的时候放——"李白凑到伊依耳边神秘地说："尿碱。"

伊依迷惑不解地看着他。

"哦，就是人类的小便蒸干以后析出的那种白色的东西，能使炖好的肉外观红润，肉质鲜嫩，肥而不腻，瘦而不柴。”

“这尿碱……也不是纯能做出来的？”伊依恐惧地问。

“我说过自己已经回归自然了！尿碱是我费了好大劲儿从几个人类饲养场收集来的，这是很正宗的民间烹饪技艺，在地球毁灭前就早已失传。”

伊依已经把嘴里的牛肉咽下去了，为了抑制呕吐，他端起了酒碗。

李白指指葫芦说：“在我的指导下，吞食帝国已经建起了几个酒厂，已经能够生产大部分中地球名酒，这是它们酿制的正宗的竹叶青，是用汾酒浸泡竹叶而成。”

伊依这才发现碗里的酒与前几次李白带来的不同，呈翠绿色，入口后有甜甜的药草味。

“看来，你对人类文化已了如指掌了。”伊依感慨地对李白说。

“不仅如此，我还花了大量的时间亲身体验，你知道，吞食帝国很多地区的风景与李白所在的地球极为相似，这两个月来，我浪迹于这山水之间，饱览美景，月下饮酒山巅吟诗，还在遍布各地的人类饲养场中有过几次艳遇……”

“那么，现在总能让我看看你的诗作了吧。”

李白呼地放下酒碗，站起身不安地踱起步来：“是作了一些诗，而且是些肯定让你吃惊的诗，你会看到，我已经是一个很出色的诗人了，甚至比你和你的祖爷爷都出色，但我不想让你看，因为我同样肯定你会认为那些诗没有超越李白，而我……”他抬起头遥望天边落日的余晖，目光中充满了迷离和痛苦，“也这么认为。”

远处的草原上，舞会已经结束，快乐的人们开始丰盛的晚餐。有一群少女向河边跑来，在岸边的浅水中嬉戏。她们头戴花环，身上披着薄雾一样的轻纱，在暮色中构成一幅醉人的画面。伊依指着距草棚较近的一个少女问李白：“她美吗？”

“当然。”李白不解地看着伊依说。

“想象一下，用一把利刃把她切开，取出她的每一个脏器，剜出她的眼球，挖出她的大脑，剔出每一根骨头，把肌肉和脂肪按其不同部位和功能分割开来，再把所有的血管和神经分别理成两束，最后在这里铺上一大块白布，把这些东西按解剖学原理分门别类地放好，你还觉得美吗？”

“你怎么在喝酒的时候想到这些？恶心。”李白皱起眉头说。

“怎么会恶心呢？这不正是你所崇拜的技术吗？”

“你到底想说什么？”

“李白眼中的大自然就是你现在看到的河边少女，而同样的大自然在技术的眼中呢，就是那张白布上那些井然有序但血淋淋的部件，所以，技术是反诗意的。”

“你好像对我有什么建议？”李白理着胡子若有所思。

“我仍然不认为你有超越李白的可能，但可以为你的努力指出一个正确的方向：技术的迷雾蒙住了你的双眼，使你看不到自然之美。所以，你首先要做的是把那些超级技术全部忘掉，你既然能够把自己的全部记忆移植到你现在的大脑中，当然也可以删除其中的一部分。”

李白抬头和大牙对视了一下，两者都哈哈大笑起来，大牙对李白说：“尊敬的神，我早就告诉过您，多么狡诈的虫虫，您稍不小心就会跌入他们设下的陷阱。”

“哈哈哈哈，是狡诈，但也有趣。”李白对大牙说，然后转向伊依，冷笑着说：“你真的认为我是来认输的？”

“你没能超越人类诗词艺术的巅峰，这是事实。”

李白突然抬起一只手指着大河，问：“到河边去有几种走法？”

伊依不解地看了李白几秒钟：“好像……只有一种。”

“不，是两种，我还可以向这个方向走，”李白指着与河相反的方向说：“这样一直走，绕吞食帝国的大环一周，再从对岸过河，也能走到这个岸边，我甚至还可以绕银河系一周再回来，对于我们的技术来说，这也易如反掌。技术可以超越一切！我现在已经被逼得要走另一条路了！”

伊依努力想了好半天，终于困惑地摇摇头：“就算是你有神一般的技术，我还是想不出超越李白的另一条路在哪儿。”

李白站起来说：“很简单，超越李白的两条路是：一，把超越他的那些诗写出来，二，把所有的诗都写出来！”

伊依显得更糊涂了，但站在一旁的大牙似有所悟。

“我要写出所有的五言和七言诗，这是李白所擅长的；另外我还要写出常见词牌的所有的词！你怎么还不明白？我要在符合这些格律的诗词中，试遍所有汉字的所有组合！”

“啊，伟大！伟大的工程！”大牙忘形地欢呼起来。

“这很难吗？”伊依傻傻地问。

“当然难，难极了！如果用吞食帝国最大的计算机来进行这样的计算，可能到宇宙末日也完成不了！”

“没那么多吧？”伊依充满疑问地说。

“当然有那么多！”李白得意地点点头，“但使用你们还远未掌握的量子计算技术，就能在可以接受的时间内完成这样的计算。到那时，我就写出了所的诗词，包括所有以前写过的和所有以后可能写的，特别注意，所有以后可能写的！超越李白的巅峰之作自然包括在内。事实上我终结了诗词艺术，直到宇宙毁灭，所出现的任何一个诗人，不管他们达到了怎样的高度，都不过是个抄袭者，他的作品肯定能在我那巨大的存储器中检索出来。”

大牙突然发出了一声低沉的惊叫，看着李白的目光由兴奋变为震惊：“巨大的……存储器？！尊敬的神，您该不是说，要把量子计算机写出的诗都……都存起来吧？”

“写出来就删除有什么意思呢？当然要存起来！这将是我的种族留在这个宇宙中的艺术丰碑之一！”

大牙的目光由震惊变为恐惧，把粗大的双爪向前伸着，两腿打弯，像要给李白跪下，声音也像要哭出来似的：“使不得，尊敬的神，这使不得啊！”

“是什么把你吓成这样？”伊依抬头惊奇地看着大牙问。

“你个白痴！你不是知道原子弹是原子做的吗？那存储

器也是原子做的，它的存储精度最高只能达到原子级别！知道什么是原子级别的存储嘛？就是说一个针尖大小的地方，就能存下人类所有的书！不是你们现在那点儿书，是地球被吃掉前上面所有的书！”

“啊，这好像是有可能的，听说一杯水中的原子数比地球上海洋中水的杯数都多。那，他写完那些诗后带根儿针走就行了。”伊依指指李白说。

大牙恼怒已极，来回急走几步总算挤出了一点儿耐性：“好，好，你说，按神说的那些五言七言诗，还有那些常见的词牌，各写一首，总共有多少字？”

“不多，也就两三千字吧，古曲诗词是最精练的艺术。”

“那好，我就让你这个白痴虫虫看看它有多么精炼！”大牙说着走到桌前，用爪指着上面的棋盘说：“你们管这种无聊的游戏叫什么，哦，围棋，这上面有多少个交叉点？”

“纵横各 19 行，共 361 点。”

“很好，每点上可以放黑子白子或空着，共三种状态，这样，每一个棋局，就可以看作由三个汉字写成的一首 19 行 361 个字的诗。”

“这比喻很妙。”

“那么，穷尽这三个汉字在这种诗上的所有组合，总共能写出多少首诗呢？让我告诉你：3 的 361 次方首，或者说，嗯，我想想，10 的 172 次方首！”

“这……很多吗？”

“白痴！”大牙第三次骂出这个词，“宇宙中的全部原子只有……啊——”它气恼得说不下去了。

“有多少？”伊依仍是那副傻样。

“只有 10 的 80 次方个！你个白痴虫虫啊——”

直到这时，伊依才表现出了一点儿惊奇：“你是说，如果一个原子存储一首诗，用光宇宙中的所有原子，还存不完他的量子计算机写出的那些诗？”

“差远呢！差 10 的 92 次方倍呢！再说，一个原子哪能存下一首诗？人类虫虫的存储器，存一首诗用的原子数可能比你们的人口都多，至于我们，用单个原子存储一位二进制还仅处于实验室阶段……唉。”

“使者，在这一点上是你目光短浅了，想象力不足，是吞食帝国技术进步缓慢的原因之一。”李白笑着说：“使用基于量子多态叠加原理的量子存储器，只用很少量的物质就可以存下那些诗，当然，量子存储不太稳定，为了永久保存那些诗作，还需要与更传统的存储技术结合使用，即使这样，制造存储器需要的物质量也是很少的。”

“是多少？”大牙问，看那样子心显然已提到了嗓子眼儿。

“大约为10的57次方个原子，微不足道。”

“这……这正好是整个太阳系的物质量！”

“是的，包括所有的太阳行星，当然也包括吞食帝国。”

李白最后这句话是轻描淡写地随口而出的，但在伊依听来像晴天霹雳，不过大牙反倒显得平静下来。当长时间受到灾难预感的折磨后，灾难真正来临时反而有一种解脱感。

“您不是能把纯能转换成物质吗？”大牙问。

“得到如此巨量的物质需要多少能量你不会不清楚，这对我们也是不可想象的，还是用现成的吧。”

“这么说，皇帝的忧虑不无道理。”大牙自语道。

“是的是的，”李白欢快地说：“我前天已向吞食皇帝说明，这个伟大的环形帝国将被用于一个更伟大的目的，所有的恐龙应该为此感到自豪。”

“尊敬的神，您会理解吞食帝国的感受的。”大牙阴沉地说，“还有一个问题：与太阳相比，吞食帝国的质量实在是微不足道，为了得到这九牛之一毛的物质，有必要毁灭一个进化了几千万年的文明吗？”

“你的这个疑问我完全理解，但要知道，熄灭、冷却和拆解太阳是需要很长时间的，在这之前对诗的量子计算应已经开始，我们需要及时地把结果存起来，清空量子计算机的内存以继续计算，这样，可以立即用于制造存储器的行星和吞食帝国的物质就是必不可少的了。”

“明白了，尊敬的神，最后一个问题：有必要把所有组合结果都存起来吗？为什么不能在输出端加一个判断程序，把那些不值得存贮的诗作剔除掉？据我所知，中国古诗是要遵从严格的格律的，如果把不符合格律的诗去掉，那最后结果的总量将大为减少。”

“格律？哼！”李白不屑地摇摇头，“那不过是对灵感的束缚，中国南北朝以前的古体诗并不受格律的限制，即使是在唐代以后严格的近体诗中，也有许多古典诗词大师不遵从格律，写出了许多卓越的变体诗，所以，在这次终极吟诗中我将不考虑格律。”

“那，您总该考虑诗的内容吧？最后的计算结果中肯定有百分之九十九的诗是毫无意义的，存下这些随机的汉字矩阵有什么用？”

“意义？”李白耸耸肩说，“使者，诗的意义并不取决于你的认可，也不取决于我或其他任何人，它取决于时间。许多在当时无意义的诗后来成了旷世杰作，而现今和以后的许多杰作在遥远的过去肯定也曾是无意义的。我要做出所有的诗，亿亿亿万年之后，谁知道伟大的时间把其中的哪首选为巅峰之作呢？”

“这简直荒唐！”大牙大叫起来，它那粗放的嗓音惊起了远处草丛中的几只鸟，“如果按现有的人类虫虫的汉字字库，您的量子计算机写出的第一首诗应该是这样的：

啊啊啊啊啊
啊啊啊啊啊
啊啊啊啊啊
啊啊啊啊唉

“请问，伟大的时间会把这首选为杰作？”

一直不说话的伊依这时欢叫起来：“哇！还用什么伟大的时间来选？它现在就是一首巅峰之作耶！前三行和第四行

的前四个字都是表达生命对宏伟宇宙的惊叹，最后一个字是诗眼，它是诗人在领略了宇宙之浩渺后，对生命在无限时空中的渺小发出的一声无奈的叹息。”

“呵呵呵呵呵，”李白抚着胡须乐得合不上嘴：“好诗，伊依虫虫，真的是好诗，呵呵呵……”说着拿起葫芦给伊依倒酒。

大牙挥起巨爪一巴掌把伊依打了老远：“混账虫虫，我知道你现在高兴了，可不要忘记，吞食帝国一旦毁灭，你们也活不了！”

伊依一直滚到河边，好半天才能爬起来，他满脸沙土，咧大了嘴，既是痛的也是在笑，他确实很高兴：“哈哈有趣，这个宇宙真他妈妈的不可思议！”他忘形地喊道。

“使者，还有问题吗？”看到大牙摇头，李白接着说，“那么，我在明天就要离去，后天，量子计算机将启动作诗软件，终极吟诗将开始，同时，熄灭太阳，拆解行星和吞食帝国的工程也将启动。”

“尊敬的神，吞食帝国在今天夜里就能做好战斗准备！”大牙立正后庄严地说。

“好好，真是很好，往后的日子会很有趣的，但这一切发生之前，还是让我们喝完这一壶吧。”李白快乐地点点头说，同时拿起了酒葫芦，倒完酒，他看着已笼罩在夜幕中的大河，意犹未尽地回味着：“真是一首好诗，第一首，呵呵，第一首就是好诗。”

终极吟诗

吟诗软件其实十分简单，用人类的 C 语言表达可能超不过两千行代码，另外再加一个存储所有汉字字符的不大的数据库。当这个软件在位于海王星轨道上的那台量子计算机（一个漂浮在太空中的巨大透明锥体）上启动时，终极吟诗就开始了。

这时吞食帝国才知道，李白只是那个超级文明种族中的一个个体，这与以前预想的不同，当时恐龙们都认为进化到这样技术级别的社会在意识上早就融为一个整体了，吞食帝国在过去一千万年中遇到的五个超级文明都是这种形态。李白一族保持了个体的存在，也部分解释了他们对艺术超常的理解力。当吟诗开始时，李白一族又有大量的个体从外太空的各个方位跃迁到太阳系，开始了制造存储器的工程。

吞食帝国上的人类看不到太空中的量子计算机，也看不到新来的神族，在他们看来，终极吟诗的过程，就是太空中太阳数目的增减过程。

在吟诗软件启动一个星期后，神族成功地熄灭了太阳，这时太空中太阳的数目减到零，但太阳内部核聚变的停止使恒星的外壳失去了支撑，使它很快坍缩成一颗新星，于是暗夜很快又被照亮，只是这颗太阳的亮度是以前的上百倍，使吞食者表面草木生烟。新星又被熄灭了，但过一段时间后又爆发了，就这样亮了又灭灭了又亮，仿佛太阳是一只九条命的猫，在没完没了地挣扎。但神族对于杀死恒星其实很熟练，他们从容不迫地一次次熄灭新星，使它的物质最大比例地聚变为制造存储器所需的重元素，当第十一次新星熄灭后，太阳才真正咽了气。这时，终极吟诗已经开始了三个地球月。早在这之前，在第三次新星出现时，太空中就有其它的太阳出现，这些太阳此起彼伏地在太空中的不同位置亮起或熄灭，最多时天空中出现过九个新太阳。这些太阳是神族在拆解行星时的能量释放，由于后来恒星太阳的闪烁已变得暗弱，人们就分不清这些太阳的真假了。

对吞食帝国的拆解是在吟诗开始后第五个星期进行的，

这之前，李白曾向帝国提出了一个建议：由神族将所有恐龙跃迁到银河系另一端的一个世界，那里有一个文明，比神族落后许多，仍未纯能化，但比吞食文明要先进得多。恐龙们到那里后，将作为一种小家禽被饲养，过着衣食无忧的快乐生活。但恐龙们宁为玉碎不为瓦全，愤怒地拒绝了这个提议。

李白接着提出了另一个要求：让人类返回他们的母亲星球。其实，地球也被拆解了，它的大部分用于制造存储器，但神族还是剩下了其中的一小部分物质为人类建造了一个空心地球。空心地球的大小与原地球差不多，但其质量仅为后者的百分之一。说地球被掏空了是不确切的，因为原地球表面那层脆弱的岩石根本不可能用来做球壳，球壳的材料可能取自地核，另外球壳上像经纬线般交错的、虽然很细但强度极高的加固圈，是用太阳坍缩时产生的简并态中子物质制造的。

令人感动的是：吞食帝国不但立即答应了李白的要求，允许所有人类离开大环世界，还把从地球掠夺来的海水和空气全部还给了地球，神族借此在空心地球内部恢复了原地球所有的大陆、海洋和大气层。

接着，惨烈的大环保卫战开始了。吞食帝国向太空中的神族目标大量发射核弹和伽玛射线激光，但这些对敌人毫无作用。在神族发射的一个无形的强大力场推动下，吞食者大环越转越快，最后在超速自转产生的离心力下解体了。这时，伊依正在飞向空心地球的途中，他从一千二百万公里的距离上目睹了吞食帝国毁灭的全过程：

大环解体的过程很慢，如同梦幻，在漆黑太空的背景上，这个巨大的世界如同一团浮在咖啡上的奶末一样散开来，边缘的碎块渐渐隐没于黑暗之中，仿佛被太空溶解了，只有不时出现的爆炸的闪光才使它们重新现形。

这个来自古老地球的充满阳刚之气的伟大文明就这样被毁灭了，伊依悲哀万分。只有一小部分恐龙活了下来，与人类一起回归地球，其中包括使者大牙。

在返回地球的途中，人类普遍都很沮丧，但原因与伊依不同：回到地球后是要开荒种地才有饭吃的，这对于在长期被饲养的生活中变得四肢不勤五谷不分的人们来说，确实像一场噩梦。

但伊依对地球世界的前途充满信心，不管前面有多少磨难，人将重新成为人。

诗云

吟诗航行的游艇到达了南极海岸。

这里的重力已经很小，海浪的运行很缓慢，像是一种描述梦幻的舞蹈。在低重力下，拍岸浪把水花送上十几米高处，飞上半空的海水由于表面张力而形成无数水球，大的像足球，小的如雨滴，这些水球在缓慢地下落，慢到可以用手在它们周围划圈。它们折射着小太阳的光芒，使上岸后的伊依、李白和大牙置身于一片晶莹灿烂之中。由于自转的原因，地球的南北极地轴有轻微的拉长，这就使得空心地球的两极地区保持了过去的寒冷状态。低重力下的雪很奇特，呈一种蓬松的泡沫状，浅处齐腰深，深处能把大牙都淹没，但在被淹没后，他们竟能在雪沫中正常呼吸！整个南极大陆就覆盖在这雪沫之下，起伏不平地一片雪白。

伊依一行乘一辆雪地车前往南极点，雪地车像是一艘掠过雪沫表面的快艇，在两侧激起片片雪浪。

第二天他们到达了南极点。极点的标志是一座高大的水晶金字塔，这是为纪念两个世纪前的地球保卫战而建立的纪念碑，上面没有任何文字和图形，只有晶莹的碑体在地球顶端的雪沫之上默默地折射着阳光。

从这里看去，整个地球世界尽收眼底，光芒四射的小太阳周围，围绕着大陆和海洋，使它看上去仿佛是从北冰洋中浮出来似的。

“这个小太阳真的能够永远亮着吗？”伊依问李白。

“至少能亮到新的地球文明进化到具有制造新太阳的能力的时候，它是一个微型白洞。”

“白洞？是黑洞的反演吗？”大牙问。

“是的，它通过空间蛀洞与二百万光年外的一个黑洞相连，那个黑洞围绕着一颗恒星运行，它吸入的恒星的光从这里被释放出来，可以把它看作一根超时空光纤的出口。”

纪念碑的塔尖是拉格朗日轴线的南起点，这是指连接空心地球南北两极的轴线，因战前地月之间的零重力拉格朗日点而得名，这是一条长一万三千公里的零重力轴线。以后，人类肯定要在拉格朗日轴线上发射各种卫星，比起战前的地球来，这种发射易如反掌：只需把卫星运到南极或北极点，愿意的话用驴车运都行，然后用脚把它向空中踹出去就行了。

就在他们观看纪念碑时，又有一辆较大的雪地车载来了一群年轻的旅行者，这些人下车后双腿一弹，径直跃向空中，沿拉格朗日轴线高高飞去，把自己变成了卫星。从这里看去，有许多小黑点在空中标出了轴线的位置，那都是在零重力轴线上漂浮的游客和各种车辆。本来，从这里可以直接飞到北极，但小太阳位于拉格朗日轴线中部，最初有些沿轴线飞行的游客因随身携带的小型喷气推进器坏了，无法减速而一直飞到太阳里，其实在距小太阳很远的距离上他们就被蒸发了。

在空心地球，进入太空也是一件很容易的事，只需要跳进赤道上的五口深井（名叫地门）中的一口，向下（上）坠落一百公里穿过地壳，就被空心地球自转的离心力抛进太空了。

现在，伊依一行为了看诗云也要穿过地壳，但他们走的是南极的地门。在这里地球自转的离心力为零，所以不会被抛入太空，只能到达空心地球的外表面。他们在南极地门控制站穿好轻便太空服后，就进入了那条长一百公里的深井，由于没有重力，叫它“隧道”更合适一些。在失重状态下，他们借助于太空服上的喷气推进器前进，这比在赤道的地门中坠落要慢得多，用了半个小时才来到外表面。

空心地球外表面十分荒凉，只有纵横的中子材料加固圈，这些加固圈把地球外表面按经纬线划分成了许多个方格，南极点正是所有经向加固圈的交点，当伊依一行走出地门后，看到自己身处一个面积不大的高原上，地球加固圈像一道道漫长的山脉，以高原为中心放射状地向各个方向延伸。

抬头，他们看到了诗云。

诗云处于已消失的太阳系所在的位置，是一片直径为一百个天文单位的旋涡状星云，形状很像银河系。空心地球处于诗云边缘，与原来太阳在银河系中的位置也很相似。不同的是地球的轨道与诗云不在同一平面，这就使得从地球上可以看到诗云的一面，而不是像银河系那样只能看到截面。但地球离开诗云平面的距离还远不足以使这里的人们观察到诗云的完整形状，事实上，南半球的整个天空都被诗云所覆盖。

诗云发出银色的光芒，能在地上照出人影。据说诗云本身是不发光的，这银光是宇宙射线激发出来的。由于空间的宇宙射线密度不均，诗云中常涌动着大团的光晕，那些色彩各异的光晕滚过长空，好像是潜行在诗云中的发光巨鲸。也有很少的时候，宇宙射线的强度急剧增加，在诗云中激发出粼粼的光斑。这时的诗云已完全不像云了，整个天空仿佛是一个月夜从水下看到的海面。地球与诗云的运行并不是同步的，所以有时地球会处于旋臂间的空隙上，这时透过空隙可以看到夜空和星星，最为激动人心的是，在旋臂的边缘还可以看到诗云的断面形状，它很像地球大气中的积雨云，变幻出各种宏伟的让人浮想联翩的形体，这些巨大的形体高高地升出诗云的旋转平面，发出幽幽的银光，仿佛是一个超级意识没完没了的梦境。

伊依把目光从诗云收回，从地上拾起一块晶片，这种晶片散布在他们周围的地面上，像严冬的碎冰般闪闪发亮。伊依举起晶片对着诗云密布的天空，晶片很薄，有半个手掌大小，正面看全透明，但把它稍斜一下，就看到诗云的亮光在它表面映出的霓彩光晕。这就是量子存储器，人类历史上产生的全部文字信息，也只能占它们每一片存储量的几亿分之一。诗云就是由 10 的 40 次方片这样的存储器组成的，它们存储了终极吟诗的全部结果。这片诗云，是用原来构成太阳和它的九大行星的全部物质所制造，当然还包括吞食帝国。

“真是伟大的艺术品！”大牙由衷地赞叹道。

“是的，它的美在于其内涵：一片直径一百亿公里的，包含着全部可能的诗词的星云，这太伟大了！”伊依仰望着星云激动地说：“我，也开始崇拜技术了。”

一直情绪低落的李白长叹一声："唉，看来我们都在走向对方，我看到了技术在艺术上的极限，我……"他抽泣起来，"我是个失败者，呜呜……"

"你怎么能这样讲呢？"伊依指着上空的诗云说，"这里面包含了所有可能的诗，当然也包括那些超越李白的诗！"

"可我却得不到它们！"李白一跺脚，飞起了几米高，在半空中卷成一团，悲伤地把脸埋在两膝之间呈胎儿状，在地壳那十分微小的重力下缓缓下落，"在终极吟诗开始时，我就着手编制诗词识别软件，这时，技术在艺术中再次遇到了那道不可逾越的障碍。到现在，具备古诗鉴赏力的软件也没能编出来。"他在半空中指指诗云，"不错，借助伟大的技术，我写出了诗词的巅峰之作，却不可能把它们从诗云中检索出来，唉……"

"智慧生命的精华和本质，真的是技术所无法触及的吗？"大牙仰头对着诗云大声问，经历过这一切，它变得越来越哲学了。

"既然诗云中包含了所有可能的诗，那其中自然有一部分诗，是描写我们全部的过去和所有可能与不可能的未来的，伊依虫虫肯定能找到一首诗，描述他在三十年前的一天晚上剪指甲时的感受，或十二年后的一顿午餐的菜谱；大牙使者也可以找到一首诗，描述它的腿上的某一块鳞片在五年后的颜色……”说着，已重新落回地面的李白拿出了两块晶片，它们在诗云的照耀下闪闪发光：“这是我临走前送给二位的礼物，这是量子计算机以你们的名字为关键词，在诗云中检索出来的与二位有关的几亿亿首诗，描述了你们在未来各种可能的生活，当然，在诗云中，这也只占描写你们的诗作里极小的一部分。我只看过其中的几十首，最喜欢的是关于伊依虫虫的一首七律，描写他与一位美丽的村姑在江边相爱的情景……我走后，希望人类和剩下的恐龙好好相处，人类之间更要好好相处，要是空心地球的球壳被核弹炸个洞，可就麻烦了……诗云中的那些好诗目前还不属于任何人，希望人类今后能写出其中的一部分。”

“我和那位村姑后来怎样了？”伊依好奇地问。

在诗云的银光下，李白嘻嘻一笑：“你们幸福地生活在一起。”

2002 年 12 月 9 日于娘子关

名家点评

这篇小说中的宇宙形象，在展现超人类的巨大尺度的同时，也包含着浓郁的人文色彩。外星人“李白”是坚定的技术主义者，自信以穷尽一切的技术能力可以“写”出古往今来以及未来所有的一切诗篇。但只有地球上的诗人、他的俘虏伊依，才能够判断什么是“诗”。外星人的技术主义最终成功，他制造出直径一百亿公里、包含着全部可能的诗词的星云，同时他却也失败了，因为他无法从这些“可能性”中得到真正的诗。

“诗云”体现出刘慈欣科幻世界中最高端的艺术形象，它兼有着人类不可企及的宇宙的崇高感与凭借艺术方式本身传达出来的人文主义信念。这一形象在科学和人文两方面，都是超现实的想象力的产物，它既令我们对头顶的星空产生无限敬畏，也对我们自身——人类文明保持理想主义的信念。

美国韦尔斯利学院教授，文学评论家　宋明炜

在阅读《诗云》的过程，读者会直觉地想起鲁迅的《故事新编》所构筑的神话模式，尤其是《补天》。如果说科幻小说的最重要特征是“现代神话”，那么在“创世”的主题与叙事手法上，《诗云》所表现出的视角、讥刺、幽默或油滑，与鲁迅的《故事新编》有着潜在的联系，两者都是讲述“创造”的故事。而人类的卑劣品质、那些“小东西”与“虫虫”的称呼也可对应。有趣的是，创世者的命运其实都是“失败”的：女娲劳力而死，“神”被作为“虫虫”的人类“逆袭”，也难逃失败的结局。而且，两者都表现了“神”的有限性，所谓神圣的限制，“神”会被自己的创造物所具有的密集惯性压垮，这与“诗云”作为大集合的实体存在何其相似。

中南大学　吴宝林

刘慈欣创作谈：

科幻小说中有一类题材是关于大自然和宇宙终极奥秘的哲学思考，中国科幻中这一类题材比较缺失，这篇小说就是想做这样的尝试。小说中对宇宙终极奥秘的设置是悲观的，但我想以此反衬出人类探索精神的伟大，所以对这种终极探索我是持乐观态度的。就像小说中写到的：“如果说那个原始人对宇宙的几分钟凝视是看到了一颗宝石，其后你们所谓的整个人类文明，不过是弯腰去拾它罢了。”

最绚丽的梦是那些有可能成为现实的梦。科幻之梦就是这样，尽管它的想象只有万分之一的可能变为现实，但比起魔幻的万分之零来还是无穷大。据现代物理学和生物学的推测，我们人类在宇宙中出现的几率可只有几亿分之一，但我们还是出现了，并且把许多看似缥缈的梦幻变成了现实。

短篇

朝闻道

爱因斯坦赤道

“有一句话我早就想对你们说。”丁仪对妻子和女儿说，“我心中的位置大部分都被物理学占据了，只是努力挤出了一个小角落给你们，对此我心里很痛苦，但也实在是没办法。”

他的妻子方琳说：“这话你对我说过两百遍了。”

十岁的女儿文文说：“对我也说过一百遍了。”

丁仪摇摇头说：“可你们始终没能理解我这话的真正含义，你们不懂得物理学到底是什么。”

方琳笑着说：“只要它的性别不是女就行。”

这时，他们一家三口正坐在一辆时速达五百公里的小车上，行驶在一条直径五米的钢管中，这根钢管的长度约为三万公里，在北纬45度线上绕地球一周。

小车完全自动行驶，透明的车舱内没有任何驾驶设备。从车里看出去，钢管笔直地伸向前方，小车像是一颗在无限长的枪管中正在射出的子弹，前方的洞口似乎固定在无限远处，看上去针尖大小，一动不动，如果不是周围的管壁如湍急的流水飞快掠过，肯定觉察不出车的运动。在小车启动或停车时，可以看到管壁上安装的数量巨大的仪器，还有无数等距离的箍圈，当车加速起来后，它们就在两旁浑然一体地掠过，看不清了。丁仪告诉她们，那些箍圈是用于产生强磁场的超导线圈，而悬在钢管正中的那条细管是粒子通道。

他们正行驶在人类迄今所建立的最大的粒子加速器中，这台环绕地球一周的加速器被称为“爱因斯坦赤道”，借助它，物理学家们将实现上世纪那个巨人肩上的巨人最后的梦想：建立宇宙的大统一模型。

这辆小车本是加速器工程师们用于维修的，现在被丁仪用来带着全家进行环球旅行，这旅行是他早就答应妻子和女儿的，但她们万万没有想到要走这条路。整个旅行耗时六十小时，在这环绕地球一周的行驶中，她们除了笔直的钢管什么都没看到。不过方琳和文文还是很高兴很满足，至少在这两天多时间里，全家人难得地聚在一起。

旅行的途中也并不枯燥，丁仪不时指着车外飞速掠过的管壁对文文说："我们现在正在驶过外蒙古，看到大草原了吗？还有羊群……我们在经过日本，但只是擦过它的北角，看，朝阳照到积雪的国后岛上了，那可是今天亚洲迎来的第一抹阳光……我们现在在太平洋底了，真黑，什么都看不见，哦不，那边有亮光，暗红色的，嗯，看清了，那是洋底火山口，它涌出的岩浆遇水很快冷却了，所以那暗红光一闪一闪的，像海底平原上的篝火，文文，大陆正在这里生长啊……"

后来，他们又在钢管中驶过了美国全境，潜过了大西洋，从法国海岸登上欧洲的土地，驶过意大利和巴尔干半岛，第二次进入俄罗斯，然后从里海回到亚洲，穿过哈萨克斯坦进入中国，现在，他们正走完最后的路程，回到了爱因斯坦赤道在塔克拉玛干沙漠中的起点——世界核子中心，这也是环球加速器的控制中心。

当丁仪一家从控制中心大楼出来时，外面已是深夜，广阔的沙漠静静地在群星下伸向远方，世界显得简单而深邃。

“好了，我们三个基本粒子，已经在爱因斯坦赤道中完成了一次加速试验。”丁仪兴奋地对方琳和文文说。

“爸爸，真的粒子要在这根大管子中跑这么一大圈，要多长时间？”文文指着他们身后的加速器管道问，那管道从控制中心两侧向东西两个方向延伸，很快消失在夜色中。

丁仪回答说：“明天，加速器将首次以它最大的能量运行，在其中运行的每个粒子，将受到相当于一颗核弹的能量的推动，它们将加速到接近光速，这时，每个粒子在管道中只需十分之一秒就能走完我们这两天多的环球旅程。”

方琳说：“别以为你已经实现了自己的诺言，这次环球旅行是不算的！”

“对！”文文点点头说，“爸爸以后有时间，一定要带我们在这长管子的外面沿着它走一圈，真正看看我们在管子里面到过的地方，那才叫真正的环球旅行呢！”

“不需要，”丁仪对女儿意味深长地说：“如果你睁开了想象力的眼睛，那这次旅行就足够了，你已经在管子中看到了你想看的一切，甚至更多！孩子，更重要的是，蓝色的海洋、红色的花朵、绿色的森林都不是最美的东西，真正的美眼睛是看不到的，只有想象力才能看到它。与海洋、花朵、森林不同，它没有色彩和形状，只有当你用想象力和数学把整个宇宙在手中捏成一团儿，使它变成你的一个心爱的玩具，你才能看到这种美……”

丁仪没有回家，送走了妻女后，他回到了控制中心。中心只有不多的几个值班工程师，在加速器建成以后历时两年的紧张调试后，这里第一次这么宁静。

丁仪上到楼顶，站在高高的露天平台上，他看到下面的加速器管道像一条把世界一分为二的直线，他有一种感觉：夜空中的星星像无数只瞳仁，它们的目光此时都聚焦在下面这条直线上。

丁仪回到下面的办公室，躺在沙发上睡着了，进入了一个理论物理学家的梦乡。

他坐在一辆小车里，小车停在爱因斯坦赤道的起点。小车启动，他感觉到了加速时强劲的推力。他在45度纬线上绕地球旋转，一圈又一圈，像轮盘赌上的骰子。随着速度趋近光速，急剧增加的质量使他的身体如一樽金属塑像般凝固了。意识到这个身体中已蕴含了创世的能量，他有一种帝王般的快感。在最后一圈，他被引入一条支路，冲进一个奇怪的地方，这是虚无之地，他看到了虚无的颜色，虚无不是黑色也不是白色的，它的色彩就是无色彩，但也不是透明，在这里，空间和时间都还是有待于他去创造的东西。他看到前方有一个小黑点，急剧扩大，那是另一辆小车，车上坐着另一个自己。当他们以光速相撞后同时消失了，只在无际的虚空中留下一个无限小的奇点，这万物的种子爆炸开来，能量火球疯狂暴胀。当弥漫整个宇宙的红光渐渐减弱时，冷却下来的能量天空中物质如雪花般出现了，开始是稀薄的星云，然后是恒星和星系群。在这个新生的宇宙中，丁仪拥有一个量子化的自我，他可以在瞬间从宇宙的一端跃至另一端。其实他并没有跳跃，他同时存在于这两端，他同时存在于这浩大宇宙中的每一点，他的自我像无际的雾气弥漫于整个太空，由恒星沙粒组成的银色沙漠在他的体内燃烧。他无所不在的同时又无所在，他知道自己的存在只是一个概率的幻影，这个多态叠加的幽灵渴望地环视宇宙，寻找那能使自己坍缩为实体的目光。正找着，这目光就出现了，它来自遥远太空中浮现出来的两双眼睛，它们出现在一道由群星织成的银色帷幕后面，那双有着长长睫毛的美丽眼睛是方琳的，那双充满天真灵性的眼睛是文文的。这两双眼睛在宇宙中茫然扫视，最终没能觉察到这个量子自我的存在，波函数颤抖着，如微风扫过平静的湖面，但坍缩没有发生。正当丁仪陷入绝望之时，茫茫的星海扰动起来，群星汇成的洪流在旋转奔涌，当一切都平静下来时，宇宙间的所有星星构成了一只大眼睛，那只百亿光年大小的眼睛如钻石粉末在黑色的天鹅绒上撒出的图案，它盯着丁仪看，波函数在瞬间坍缩，如倒着放映的焰火影片，他的量子存在凝聚在宇宙中微不足道的一点上，他睁开双眼，回到了现实。

是控制中心的总工程师把他推醒的，丁仪睁开眼，看到核子中心的几位物理学家和技术负责人围着他躺的沙发站着，他们用看一个怪物的目光盯着他看。

“怎么？我睡过了吗？”丁仪看看窗外，发现天已亮了，但太阳还未升起。

“不，出事了！”总工程师说，这时丁仪才知道，大家那诧异的目光不是冲着他的，而是由于刚出的那件事情。总工程师拉起丁仪，带他向窗口走去，丁仪刚走了两步就被人从背后拉住了，回头一看，是一位叫松田诚一的日本物理学家，上届诺贝尔物理学奖获得者之一。

“丁博士，如果您在精神上无法承受马上要看到的东西，也不必太在意，我们现在可能是在梦中。”日本人说，他脸色苍白，抓着丁仪的手在微微颤抖。

“我刚从梦中出来！”丁仪说，“发生了什么事？”

大家仍用那种怪异的目光看着他，总工程师拉起他继续朝窗口走去，当丁仪看到窗外的景象时，立刻对自己刚才的话产生了怀疑，眼前的现实突然变得比刚才的梦境更虚幻了。

在淡蓝色的晨光中，以往他熟悉的横贯沙漠的加速器管道消失了，取而代之的是一条绿色的草带，这条绿色大道沿东西两个方向伸向天边。

“再去看看中心控制室吧！”总工程师说，丁仪随着他们来到楼下的控制大厅，又受到了一次猝不及防的震撼：大厅中一片空旷，所有的设备都消失得无影无踪，原来放置设备的位置也长满了青草，那草是直接从防静电地板上长出来的。

丁仪发疯似地冲出控制大厅，奔跑着绕过大楼，站到那条取代加速器管道的草带上，看着它消失在太阳即将升起的东方地平线处，在早晨沙漠上寒冷的空气中，他打了个寒战。

“加速器的其他部分呢？”他问喘着气跟上来的总工程师。

“都消失了，地上、地下和海中的，全部消失了。”

“也都变成了草？”

“哦不，草只在我们附近的沙漠上有，其他部分只是消失了，地面和海底部分只剩下空空的支座，地下部分只留下空隧道。”

丁仪弯腰拔起了一束青草，这草在别的地方看上去一定很普通，但在这里就很不寻常：它完全没有红柳或仙人掌之类的耐旱的沙漠植物的特点，看上去饱含水分，青翠欲滴，这样的植物只能生长在多雨的南方。丁仪搓碎了一根草叶，手指上沾满了绿色的汁液，一股淡淡的清香飘散开来。丁仪盯着手上的小草呆立了很长时间，最后说：

“看来，这真是梦了。”

东方传来一个声音：“不，这是现实！”

真空衰变

在绿色草路的尽头，朝阳已升出了一半，它的光芒照花了人们的眼睛，在这光芒中，有一个人沿着草路向他们走来。开始他只是一个以日轮为背景的剪影，剪影的边缘被日轮侵蚀，显得变幻不定。当那人走近些后，人们看到他是一名中年男子，穿着白衬衣和黑裤子，没打领带。再近些，他的面孔也可以看清了，这是一张兼具亚洲和欧洲人特点的脸，这在这个地区并没有什么不寻常，但人们绝不会把他误认为是当地人，他的五官太端正了，端正得有些不现实，像某些公共标志上表示人类的一个图符。当他再走近些时，人们也不会把他误认为是这个世界的人了，他并没有走，他一直两腿并拢，笔直地站着，鞋底紧贴着草地飘浮而来。在距他们两三米处，来人停了下来。

“你们好，我以这个外形出现是为了我们之间能更好地交流，不管各位是否认可我的人类形象，我已经尽力了。”来人用英语说，他的话音一如其面孔，极其标准而无特点。

“你是谁？”有人问。

“我是这个宇宙的排险者。”

这个回答中有两个含义深刻的字立刻深入了物理学家们的脑海：“这个宇宙”。

“您和加速器的消失有关吗？”总工程师问。

“它在昨天夜里蒸发了，你们计划中的试验必须被制止。作为补偿，我送给你们这些草，它们能在干旱的沙漠上以很快的速度成长蔓延。”

“可这些都是为了什么呢？”

“这个加速器如果真以最大功率运行，能将粒子加速到10的20次方吉电子伏特，这接近宇宙大爆炸的能量，可能给我们的宇宙带来灾难。”

“什么灾难？”

“真空衰变。”

听到这回答，总工程师扭头看了看身边的物理学家们，他们都沉默不语，紧锁眉头思考着什么。

“还需要进一步解释吗？”排险者问。

“不，不需要了。”丁仪轻轻地摇摇头说。物理学家们本以为排险者会说出一个人类完全无法理解的概念，但没想到，他说出的东西人类的物理学界早在20世纪80年代初就想到了，只是当时大多数人都认为那不过是一个新奇的假设，与现实毫无关系，以至现在几乎被遗忘了。

真空衰变的概念最初出现在1980年《物理评论》杂志上的一篇论文中，作者是西德尼·科尔曼和弗兰克·德卢西亚。早在这之前狄拉克就指出，我们宇宙中的真空可能是一种伪真空，在那似乎空无一物的空间里，幽灵般的虚粒子在短得无法想象的瞬间出现又消失。这瞬息间创生与毁灭的话剧在空间的每一点上无休止地上演，使得我们所说的真空实际上是一个沸腾的量子海洋，从而具有一定的能级。科尔曼和德卢西亚的新思想在于：他们认为某种高能过程可能产生出另一种状态的真空，这种真空的能级比现有的真空低，甚至可能出现能级为零的“真真空”。“真真空”的体积开始可能只有一个原子大小，但它一旦形成，周围相邻的高能级真空就会向它的能级跌落，变成与它一样的低能级真空。低能级真空的体积迅速扩大，形成一个球形。低能级真空球进一步扩张，很快就能达到光速，球中的质子和中子将在瞬间衰变，球内的物质世界全部蒸发，一切归于毁灭……

“……以光速膨胀的低能级真空球将在 0.03 秒内毁灭地球，五个小时内毁灭太阳系，四年后毁灭最近的恒星，十万年后毁灭银河系……没有什么能阻止球体的膨胀，随着时间的推移，整个宇宙都难逃劫难。”排险者说，他的话正好接上了大多数人的思维，难道他能看到人类的思想？排险者张开双臂，做出一个囊括一切的姿势，“如果把我们的宇宙看作一个广阔的海洋，我们就是海中的鱼儿，我们周围这无边无际的海水是那么清澈透明，以至于我们忘记了它的存在。现在我要告诉你们，这不是海水，是液体炸药，一粒火星就会引发毁灭一切的大灾难。作为宇宙排险者，我的职责就是在这些火星燃到危险的温度前扑灭它。”

丁仪说：“这大概不太容易，我们已知的宇宙有二百亿光年半径，即使对于你们这样的超级文明，这也是一个极其广阔的空间。”

排险者笑了笑。这是他第一次笑，这笑同样毫无特点：“没有你想的那么复杂。你们已经知道，我们目前的宇宙，只是大爆炸焰火的余烬，恒星和星系，不过是仍然保持着些许温热的飘散的烟灰罢了。这是一个低能级的宇宙，你们看到的类星体之类的高能天体只存在于遥远的过去，在目前的自然宇宙中，最高级别的能量过程，如大质量物体坠入黑洞，其能级也比大爆炸低许多数量级。在目前的宇宙中，发生创世级别的能量过程的唯一机会，只能来自于其中的智慧文明探索宇宙终极奥秘的努力，这种努力会把大量的能量聚焦到一个微观点上，使这一点达到创世能级。所以，我们只需要监视宇宙中进化到一定程度的文明世界就行了。”

松田诚一问："那么，你们是从何时起开始注意到人类呢？普朗克时代吗？"

排险者摇摇头。

"那么是牛顿时代？也不是！不可能远到亚里士多德时代吧？"

"都不是。"排险者说，"宇宙排险系统的运行机制是这样的：它首先通过散布在宇宙中的大量传感器监视已有生命出现的世界，当发现这些世界中出现有能力产生创世能级能量过程的文明时，传感器就发出警报。我这样的排险者在收到警报后将亲临那些世界监视其中的文明，但除非这些文明真要进行创世能级的试验，我们是绝不会对其进行任何干预的。"

这时，在排险者的头部左上方出现了一个黑色的正方形，约两米见方。正方形充满了深不见底的漆黑，仿佛现实被挖了一个洞。几秒钟后，那黑色的空间中出现了一个蓝色的地球影像，排险者指着影像说："这就是放置在你们世界上方的传感器拍下的地球影像。"

"这个传感器是在什么时候放置于地球的？"有人问。

"按你们的地质学纪年，在古生代末期的石炭纪。"

“古炭纪？”“那就是……三亿年前了！”人们纷纷惊呼。

“这……太早了些吧？”总工程师敬畏地问。

“早吗？不，是太晚了，当我们第一次到达石炭纪的地球，看到在广阔的冈瓦纳古陆上，皮肤湿滑的两栖动物在原生松林和沼泽中爬行时，真吓出了一身冷汗。在这之前的相当长的岁月里，这个世界都有可能突然进化出技术文明，所以，传感器应该在古生代开始时的寒武纪或奥陶纪就放置在这里。”

地球的影像向前推来，充满了整个正方形，镜头在各大陆间移动，让人想到一双警惕巡视的眼睛。

排险者说：“你们现在看到的影像是在更新世末期拍摄的，距今三十七万年，对我们来说，几乎是在昨天了。”

地球表面的影像停止了移动，那双眼睛的视野固定在非洲大陆上。这个大陆正处于地球黑夜的一侧，看上去是一个由稍亮些的大洋三面围绕的大墨块。显然大陆上的什么东西吸引了这双眼睛的注意，焦距拉长，非洲大陆向前扑来，很快占据了整个画面，仿佛观察者正在飞速冲向地球表面。陆地黑白相间的色彩渐渐在黑暗中显示出来，白色的是第四纪冰期的积雪，黑色部分很模糊，是森林还是布满乱石的平原，只能由人想象了。镜头继续拉近，一个雪原充满了画面，显示图像的正方形现在全变成白色了，是那种夜间雪地的灰白色，带着暗暗的淡蓝。在这雪原上有几个醒目的黑点，很快可以看出那是几个人影。接着可以看出他们的身型都有些驼背，寒冷的夜风吹起他们长长的披肩乱发。图像再次变黑，一个人仰起的面孔充满了画面，在微弱的光线里无法看清这张面孔的细部，只能看出他的眉骨和颧骨很高，嘴唇长而薄。镜头继续拉近这似乎已不可能再近的距离，一双深陷的眼睛充满了画面，黑暗中的瞳仁中有一些银色的光斑，那是映在其中的变形的星空。

图像定格，一声尖利的鸣叫响起，排险者告诉人们，预警系统报警了。

“为什么？”总工程师不解地问。

“这个原始人仰望星空的时间超过了预警阈值，已对宇宙表现出了充分的好奇，到此为止，已在不同的地点观察到了十例这样的超限事件，符合报警条件。”

“如果我没记错的话，你前面说过，只有当有能力产生创世能级能量过程的文明出现时，预警系统才会报警。”

“你们看到的不正是这样一个文明吗？”

人们面面相觑，一片茫然。

排险者露出那毫无特点的微笑说：“这很难理解吗？当生命意识到宇宙奥秘的存在时，距它最终解开这个奥秘只有一步之遥了。”看到人们仍不明白，他接着说，“比如地球生命，用了四十多亿年时间才第一次意识到宇宙奥秘的存在，但那一时刻距你们建成爱因斯坦赤道只有不到四十万年时间，而这一进程最关键的加速期只有不到五百年时间。如果说那个原始人对宇宙的几分钟凝视是看到了一颗宝石，其后你们所谓的整个人类文明，不过是弯腰去拾它罢了。”

丁仪若有所悟地点点头：“要说也是这样，那个伟大的望星人！”

排险者接着说：“以后我就来到了你们的世界，监视着文明的进程，像是守护着一个玩火的孩子，周围被火光照亮的宇宙使这孩子着迷。他不顾一切地把火越燃越烧旺，直到现在，宇宙已有被这火烧毁的危险。”

丁仪想了想，终于提出了人类科学史上最关键的问题：“这就是说，我们永远不可能得到大统一模型，永远不可能探知宇宙的终极奥秘？”

科学家们呆呆地盯着排险者，像一群在最后审判日里等待宣判的灵魂。

“智慧生命有多种悲哀，这只是其中之一。”排险者淡淡地说。

松田诚一声音颤抖地问：“作为更高一级的文明，你们是如何承受这种悲哀的呢？”

“我们是这个宇宙中的幸运儿，我们得到了宇宙的大统一模型。”

科学家们心中的希望之火又重新开始燃烧。

丁仪突然想到了另一种恐怖的可能：“难道说，真空衰变已被你们在宇宙的某处触发了？”

排险者摇摇头：“我们是用另一种方式得到的大统一模型，这一时说不清楚，以后我可能会详细地讲给你们听。”

“我们不能重复这种方式吗？”

排险者继续摇头：“时机已过，这个宇宙中的任何文明都不可能再重复它。”

“那请把宇宙的大统一模型告诉人类！”

排险者还是摇头。

“求求你，这对我们很重要，不，这就是我们的一切！”丁仪冲动地去抓排险者的胳膊，但他的手毫无感觉地穿过了排险者的身体。

“知识密封准则不允许这样做。”

“知识密封准则？”

“这是宇宙中文明世界的最高准则之一，他不允许高级文明向低级文明传递知识（我们把这种行为叫知识的管道传递），低级文明只能通过自己的探索来得到知识。”

丁仪大声说：“这是一个不可理解的准则：如果你们把大统一模型告诉所有渴求宇宙最终奥秘的文明，他们就不会试图通过创世能级的高能试验来得到它，宇宙不就安全了吗？”

“你想得太简单了：这个大统一模型只是这个宇宙的，当你们得到它后就会知道，还存在着无数其它的宇宙，你们接着又会渴求得到制约所有宇宙的超统一模型。而大统一模型在技术上的应用会使你们拥有产生更高能量过程的手段，你们会试图用这种能量过程击穿不同宇宙间的壁垒，不同宇宙间的真空存在着能级差，这就会导致真空衰变，同时毁灭两个或更多的宇宙。知识的管道传递还会对接收它的低级文明产生其他更直接的不良后果，其原因大部分你们目前还无法理解，所以知识密封准则是绝对不允许违反的。这个准则所说的知识不仅是宇宙的深层秘密，更是指所有你们不具备的知识，包括各个层次的知识：假设人类现在还不知道牛顿三定律或微积分，我也同样不能传授给你们。”

科学家们沉默了，在他们眼中，已升得很高的太阳熄灭了，一切都陷入黑暗之中，整个宇宙顿时变成一个巨大的悲剧，这悲剧之大、之广他们一时还无法把握，只能在余生细水长流地受其折磨——事实上他们知道，余生已无意义。

松田诚一瘫坐在草地上，说了一句后来成为名言的话：“在一个不可知的宇宙里，我的心脏懒得跳动了。”

他的话道出了所有物理学家的心声。他们目光呆滞，欲哭无泪。就这样不知过了多长时间，丁仪突然打破沉默：

“我有一个办法，既可以使我得到大统一模型，又不违反知识密封准则。”

排险者对他点点头：“说说看。”

“你把宇宙的终极奥秘告诉我，然后毁灭我。”

“给你三天时间考虑。”排险者说。他的回答不假思索，紧接着丁仪的话。

丁仪欣喜若狂：“你是说这可行？”

排险者点点头。

真理祭坛

人们是这么称呼那个巨大的半球体的：它的直径五十米，底面朝上球面向下放置在沙漠中，远看像一座倒放的山丘。这个半球是排险者用沙子筑成的，当时沙漠中出现了一股巨大的龙卷风，风中那高大的沙柱最后凝聚成这个东西。谁也不知道他是用什么东西使大量的沙子聚合成这样一个精确的半球形状，其强度使它球面朝下放置都不会解体。但这样的放置方式使半球很不稳定，在沙漠中的阵风里它有明显的摇晃。

据排险者说，在他的那个遥远世界里，这样的半球是一个论坛。在那个文明的上古时代，学者们就聚集在上面讨论宇宙的奥秘。由于这样放置的半球的不稳定性，论坛上的学者们必须小心地使他们的位置均匀地分布，否则半球就会倾斜，使上面的人都滑下来。排险者一直没有解释这个半球形论坛的含义，人们猜测，它可能是暗示宇宙的非平衡态和不稳定。

在半球的一侧，还有一条沙子构筑的长长的坡道，通过它可以从下面走上祭坛。在排险者的世界里，这条坡道是不需要的：在纯能化之前的上古时代，他的种族是一种长着透明双翼的生物，可以直接飞到论坛上。这条坡道是专为人类修筑的，他们中的三百多人将通过它走上真理祭坛，用生命换取宇宙奥秘。

三天前，当排险者答应了丁仪的要求后，事情的发展令世界恐慌：在短短一天时间内，有几百人提出了同样的要求，这些人除了世界核子中心的其他科学家外，还有来自世界各国的学者，开始只有物理学家，后来报名者的专业越出了物理学和宇宙学，出现了数学、生物学等其他基础学科的科学家，甚至还有经济学和史学这类非自然科学的学者。这些要求用生命来换取真理的人，都是他们所在学科的刀锋，是科学界精英中的精英，其中诺贝尔奖获得者就占了一半，可以说，在真理祭坛前聚集了人类科学的精华。

真理祭坛前其实已不是沙漠了。排险者三天前种下的草迅速蔓延，那条草已宽了两倍，它那不规则的边缘已伸到了真理祭坛下面。在这绿色的草地上聚集了上万人，除了这些即将献身的科学家和世界各大媒体的记者外，还有科学家们的亲人和朋友。两天两夜无休止的劝阻和哀求已使他们心力交瘁，精神都处于崩溃的边缘，但他们还是决定在这最后的时刻做最后的努力。与他们一同做这种努力的还有数量众多的各国政府代表，其中包括十多位国家元首，他们也竭力留住自己国家的科学精英。

“你怎么把孩子带来了？”丁仪盯着方琳问。在他们身后，毫不知情的文文正在草地上玩耍，她是这群表情阴沉的人中唯一的快乐者。

“我要让她看着你死。”方琳冷冷地说，她脸色苍白，双眼无目标地平视远方。

“你认为这能阻止我？”

“我不抱希望，但能阻止你女儿将来像你一样。”

“你可以惩罚我，但孩子……”

“没人能惩罚你，你也别把即将发生的事伪装成一种惩罚，你正走在通向自己梦中天堂的路上！”

丁仪直视着爱人的双眼说：“琳，如果这是你的真实想法，那么你终于从最深处认识了我。”

“我谁也不认识，现在我的心中只有仇恨。”

“你当然有权恨我。”

“我恨物理学！”

“可如果没有它，人类现在还是丛林和岩洞中愚钝的动物。”

“可我现在并不比它们快乐多少！”

“但我快乐，也希望你能分享我的快乐。”

“那就让孩子也一起分享吧，当她亲眼看到父亲的下场，长大后至少会远离物理学这种毒品！”

“琳，把物理学称为毒品，你也就从最深处认识了它。看，在这两天你真正认识了多少东西，如果你早些理解这些，我们就不会有现在的悲剧了。”

那几位国家元首则在真理祭坛上努力劝说排险者，让他拒绝那些科学家的要求。

美国总统说：“先生——我可以这么称呼您吗？我们的世界里最出色的科学家都在这里了，您真想毁灭地球的科学吗？”

排险者说：“没有那么严重，另一批科学精英会很快涌现并补上他们的位置，对宇宙奥秘的探索欲望是所有智慧生命的本性。”

“既然同为智慧生命，您就忍心杀死这些学者吗？”

“这是他们自己的选择。生命是他们自己的，他们当然可以用它来换取自己认为崇高的东西。”

“这个用不着您来提醒我们！”俄罗斯总统激动地说，“用生命来换取崇高的东西对人类来说并不陌生，在上个世纪的一场战争中，我的国家就有两千多万人这么做了。但现在的事实是，那些科学家的生命什么都换不到！只有他们自己能获取那些知识，这之后，你只给他们十分钟的生存时间！他们对终真理的欲望已成为一种地地道道的变态，这您是清楚的！”

“我清楚的是，他们是这个星球上仅有的正常人。”

元首们面面相觑，困惑地看着排险者，说他们不明白他的意思。

排险者伸开双臂拥抱天空：“当宇宙的和谐之美一览无遗地展现在你面前时，生命只是一个很小的代价。”

“但他们看到这美后只能再活十分钟！”

“就是没有这十分钟，仅仅经历看到那终极之美的过程，也是值得的。”

元首们又互相看了看，都摇头苦笑。

“随着文明的进化，像他们这样的人会渐渐多起来的，”排险者指指真理祭坛下的科学家们说：“最后，当生存问题完全解决，当爱情因个体的异化和融和而消失。当艺术因过分的精致和晦涩而最终死亡，对宇宙终极美的追求便成为文明存在的唯一寄托，他们的这种行为方式也就符合了整个世界的基本价值观。”

元首们沉默了一会儿，试着理解排险者的话，美国总统突然哈哈大笑起来，“先生，您在耍我们，您在耍弄整个人类！”

排险者露出一脸困惑：“我不明白……”

日本首相说：“人类还没有笨到你想象的程度，你话中的逻辑错误连小孩子都明白！”

排险者显得更加困惑了：“我看不出这有什么逻辑错误。”

美国总统冷笑着说：“一万亿年后，我们的宇宙肯定充满了高度进化的文明，照您的意思，对终极真理的这种变态的欲望将成为整个宇宙的基本价值观，那时全宇宙的文明将一致同意，用超高能的试验来探索囊括所有宇宙的超统一模型，不惜在这种试验中毁灭包括自己在内的一切？您想告诉我们这种事会发生？”

排险者盯着元首们，长时间不说话，那怪异的目光使元首们不寒而栗，他们中有人似乎悟出了什么：

“您是说……”

排险者举起一只手制止他说下去，然后向真理祭坛的边缘走去。在那里，排险者用响亮的声音对所有人说：

“你们一定很想知道我们是如何得到这个宇宙的大统一模型的，现在可以告诉你们了。”

“很久很久以前，我们的宇宙比现在小得多，而且很热，恒星还没有出现，但已有物质从能量中沉淀出来，形成在发着红光的太空中弥漫的星云。这时生命已经出现了，那是一种力场与稀薄的物质共同构成的生物，其个体看上去很像太空中的龙卷风。这种星云生物的进化速度快得像闪电，很快产生了遍布全宇宙的高度文明。当星云文明对宇宙终极真理的渴望达到顶峰时，全宇宙的所有世界一致同意，冒着真空衰变的危险进行创世能级的试验，以探索宇宙的大统一模型。

“星云生物操纵物质世界的方式与现今宇宙中的生命完全不同，由于没有足够多的物质可供使用，他们的个体自己进化为自己想要的东西。在做出最后的决定后，某些世界中的一些个体飞快地进化，把自己进化为加速器的一部分。最后，上百万个这样的星云生物排列起来，组成了一台能把粒子加速到创世能级的高能加速器。加速器启动后，暗红色的星云中出现了一个发出耀眼蓝光的灿烂光环。

“他们深知这个试验的危险，在试验进行的同时把得到的结果用引力波发射出去，引力波是唯一能在真空衰变后存留下来的信息载体。

“加速器运行了一段时间后，真空衰变发生了，低能级的真空球从原子大小以光速膨胀，转眼间扩大到天文尺度，内部的一切蒸发殆尽。真空球的膨胀速度大于宇宙的膨胀速度，虽然经过了漫长的时间，最后还是毁灭了整个宇宙。

“漫长的岁月过去了，在空无一物的宇宙中，被蒸发的物质缓慢地重新沉淀凝结，星云又出现了。但宇宙一片死寂，直到恒星和行星出现，生命才在宇宙中重新萌发。而这时，早已毁灭的星云文明发出的引力波还在宇宙中回荡，实体物质的重新出现使它迅速衰减。但就在它完全消失以前，被新宇宙中最早出现的文明接收到，它所带的信息被破译，从这远古的试验数据中，新文明得到了大统一模型。他们发现，对建立模型最关键的数据，是在真空衰变前万分之一秒左右产生的。

“让我们的思绪再回到那个毁灭中的星云宇宙，由于真空球以光速膨胀，球体之外的所有文明世界都处于光锥视界之外，不可能预知灾难的到来，在真空球到达之前，这些世界一定在专心地接收着加速器产生的数据。在他们收到足够建立大统一模型的数据后的万分之一秒，真空球毁灭了一切。但请注意一点：星云生物的思维频率极高，万分之一秒对他们来说是一段相当长的时间，所以他们有可能在生命的最后时刻推导出了大统一模型。当然，这也可能只是我们的一种自我安慰，更有可能的是他们最后什么也没推导出来，星云文明掀开了宇宙的面纱，但他们自己没来得及向宇宙那终极的美瞥一眼就毁灭了。更为可敬的是，开始试验前他们可能已经想到了这种可能，牺牲自己，把那些包含着宇宙终极秘密的数据传给遥远未来的文明。

“现在你们应该明白，对宇宙终极真理的追求，是文明的最终目标和归宿。”

排险者的讲述使真理祭坛上下的所有人陷入长久的沉思。不管这个世界对他最后那句话是否认同，有一点可以肯定：它将对今后人类思想和文化的进程产生重大影响。

美国总统首先打破沉默说："您为文明描述了一幅阴暗的前景，难道生命这漫长进程中所有的努力和希望，都是为了那飞蛾扑火的一瞬间？"

"飞蛾并不觉得阴暗，它至少享受了短暂的光明。"

"人类绝不可能接受这样的人生观！"

"这完全可以理解。在我们这个真空衰变后重生的宇宙中，文明还处于萌芽阶段，各个世界都有自己的生活方式，追求着不同的目标，对大多数世界来说，对终极真理的追求并不具有至高无上的意义，为此而冒着毁灭宇宙的危险，对宇宙中大多数生命是不公平的。即使在我自己的世界中，也并非所有的成员都愿意为此牺牲一切。所以，我们自己没有继续进行探索超统一模型的高能试验，并在整个宇宙中建立了排险系统。但我们相信，随着文明的进化，总有一天宇宙中的所有世界都会认同文明的终极目标。其实就是现在，就是在你们这样一个婴儿文明中，已经有人认同了这个目标。好了，时间快到了，如果各位不想用生命换取真理，就请你们下去，让那些想这么做的人上来。”

元首们走下真理祭坛，来到那些科学家面前，进行最后的努力。

法国总统说：“能不能这样：把这事稍往后放一放，让我陪大家去体验另一种生活，让我们放松自己，在黄昏的鸟鸣中看着夜幕降临大地，在银色的月光下听着怀旧的音乐，喝着美酒想着你心爱的人……这时你们就会发现，终极真理并不像你们想的那么重要，与你们追求的虚无缥缈的宇宙和谐之美相比，这样的美更让人陶醉。”

一位物理学家冷冷地说：“所有的生活都是合理的，我们没必要互相理解。”

法国元首还想说什么，美国总统已失去了耐心：“好了，不要对牛弹琴了！您还看不出来这是怎样一群毫无责任心的人？还看不出这是怎样一群骗子？他们声称为全人类的利益而研究，其实只是拿社会的财富满足自己的欲望，满足他们对那种玄虚的宇宙和谐美的变态欲望，这和拿公款嫖娼有什么区别！”

丁仪挤上前来，拍拍他的肩膀笑着说：“总统先生，科学发展到今天，终于有人对它的本质进行了比较准确的定义。”

旁边的松田诚一说：“我们早就承认这点，并反复声明，但一直没人相信我们。”

交换

生命和真理的交换开始了。

第一批八位数学家沿着长长的坡道向真理祭坛上走去。这时，沙漠上没有一丝风，仿佛大自然屏住了呼吸，寂静笼罩着一切，刚刚升起的太阳把他们的影子长长地投在沙漠上，那几条长影是这个凝固的世界中唯一能动的东西。

数学家们的身影消失在真理祭坛上，下面的人们看不到他们了。所有的人都凝神听着，他们首先听到祭坛上传来的排险者的声音，在死一般的寂静中这声音很清晰：

“请提出问题。”

接着是一位数学家的声音：“我们想看到费尔玛和哥德巴赫两个猜想的最后证明。”

“好的，但证明很长，时间只够你们看关键的部分，其余用文字说明。”

排险者是如何向科学家们传授知识的，以后对人类一直是个谜。在远处的监视飞机上拍下的图像中，科学家们都在仰起头看着天空，而他们看的方向上空无一物。一个普遍被接受的说法是：外星人用某种思维波把信息直接输入到他们的大脑中。但实际情况比那要简单得多：排险者把信息投射在天空上，在真理祭坛上的人看来，整个地球的天空变成了一个显示屏，而在祭坛之外的角度什么都看不到。

一个小时过去了，真理祭坛上有个声音打破了寂静，有人说：“我们看完了。”

接着是排险者平静的回答：“你们还有十分钟的时间。”

真理祭坛上隐隐传来了多个人的交谈声，只能听清只言片语，但能清楚地感受到那些人的兴奋和喜悦，像是一群在黑暗的隧道中跋涉了一年的人突然看到了洞口的光亮。

“……这完全是全新的……”“……怎么可能……”“……我以前在直觉上……”“……天啊，真是……”

当十分钟就要结束时间，真理祭坛上响起了一个清晰的声音：“请接受我们八个人真诚的谢意。”

真理祭坛上闪起一片强光。强光消失后，下面的人们看到八个等离子体火球从祭坛上升起，轻盈地向高处飘升，它们的光度渐渐减弱，由明亮的黄色变成柔和的橘红色，最后一个接一个地消失在蓝色的天空中，整个过程悄无声息。从监视飞机上看，真理祭坛上只剩下排险者站在圆心。

“下一批！”他高声说。

在上万人的凝视下，又有十一个人走上了真理祭坛。

“请提出问题。”

“我们是古生物学家，想知道地球上恐龙灭绝的真正原因。”

古生物学家们开始仰望长空，但所用的时间比刚才数学家们短得多，很快有人对排险者说：“我们知道了，谢谢！”

“你们还有十分钟。”

“……好了，七巧板对上了……”“……做梦也不会想到那方面去……”“……难道还有比这更……”

然后强光出现又消失，十一个火球从真理祭坛上飘起，很快消失在沙漠上空。

……

一批又一批的科学家走上真理祭坛，完成了生命和真理的交换，在强光中化为美丽的火球飘逝而去。

一切都在庄严与宁静中进行。真理祭坛下面，预料中生离死别的景象并没有出现，全世界的人们静静地看着这壮丽的景象，心灵被深深地震慑了，人类在经历着一场有史以来最大的灵魂洗礼。

一个白天的时间不知不觉过去了，太阳已在西方地平线处落下了一半，夕阳给真理祭坛洒上了一层金辉。物理学家们开始走向祭坛，他们是人数最多的一批，有八十六人。就在这一群人刚刚走上坡道时，从日出时一直持续到现在的寂静被一个童声打破了。

“爸爸！”文文哭喊着从草坪上的人群中冲出来，一直跑到坡道前，冲进那群物理学家中，抱住了丁仪的腿，“爸爸，我不让你变成火球飞走！”

丁仪轻轻抱起了女儿，问她：“文文，告诉爸爸，你能记起来的最让自己难受的事是什么？”

文文抽泣着想了几秒钟，说：“我一直在沙漠里长大，最……最想去动物园，上次爸爸去南方开会，带我去了那边的一个大大的动物园，可刚进去，你的电话就响了，说工作上有急事。那是个天然动物园，小孩儿一定要大人们带着才能进去，我也只好跟你回去了。后来你再也没时间带我去。爸爸，这是最让我难受的事儿，在回来的飞机上我一直哭。”

丁仪说：“但是，好孩子，那个动物园你以后肯定有机会去，妈妈以后会带文文去的。爸爸现在也在一个大动物园的门口，那里面也有爸爸做梦都想看到的神奇的东西，而爸爸如果这次不去，以后真的再也没机会了。”

文文用泪汪汪的大眼睛呆呆地看了爸爸一会儿，点点头说：“那……那爸爸就去吧。”

方琳走过来，从丁仪怀中抱走了女儿，眼睛看着前面矗立的真理祭坛说：“文文，你爸爸是世界上最坏的爸爸，但他真的很想去那个动物园。”

丁仪两眼看着地面，用近乎祈求的声调说：“是的文文，爸爸真的很想去。”

方琳用冷冷的目光看着丁仪说：“冷血的基本粒子，去完成你最后的碰撞吧！记住，我绝不会让你女儿成为物理学家的！”

这群人正要转身走去，另一个女性的声音使他们又停了下来。

“松田君，你要再向上走，我就死在你面前！”

说话的是一位娇小美丽的日本姑娘，她此时站在坡道起点的草地上，把一支银色的小手枪顶在自己的太阳穴上。

松田诚一从那群物理学家中走了出来，走到姑娘的面前，直视着她的双眼说："泉子，还记得北海道那个寒冷的早晨吗？你说要出道题考验我是否真的爱你，你问我，如果你的脸在火灾中被烧得不成样子，我该怎么办？我说我将忠贞不渝地陪伴你一生。你听到这回答后很失望，说我并不是真的爱你，如果我真的爱你，就会弄瞎自己的双眼，让一个美丽的泉子永远留在心中。"

泉子拿枪的手没有动，但美丽的双眼盈满了泪水。

松田诚一接着说："所以，亲爱的，你深知美对一个人生命的重要，现在，宇宙终极之美就在我面前，我能不看她一眼吗？"

"你再向上走一步我就开枪！"

松田诚一对她微笑了一下，轻声说："泉子，天上见。"然后转身和其他物理学家一起沿坡道走向真理祭坛，身后脆弱的枪声、脑浆溅落在草地上的声音和柔软的躯体倒地的声音，都没使他们回头。

物理学家们走上了真理祭坛那圆形的顶面，在圆心，排险者微笑着向他们致意。突然间，映着晚霞的天空消失了，地平线处的夕阳消失了，沙漠和草地都消失了，真理祭坛悬浮于无际的黑色太空中，这是创世前的黑夜，没有一颗星星。排险者挥手指向一个方向，物理学家们看到在遥远的黑色深渊中有一颗金色的星星，它开始小得难以看清，后来由一个亮点渐渐增大，开始具有面积和形状，他们看出那是一个向这里漂来的旋涡星系。星系很快增大，显出它磅礴的气势。距离更近一些后，他们发现星系中的恒星都是数字和符号，它们组成的方程式构成了这金色星海中的一排排波浪。

宇宙大统一模型缓慢而庄严地从物理学家们的上空移过。

……

当八十六个火球从真理祭坛上升起时，方琳眼前一黑倒在草地上，她隐约听到文文的声音：

"妈妈，哪个是爸爸？"

最后一个上真理祭坛的人是史蒂芬·霍金，他的电动轮椅沿着长长的坡道慢慢向上移动，像一只在树枝上爬行的昆虫。他那仿佛已抽去骨骼的绵软身躯瘫陷在轮椅中，像一支在高温中变软且即将熔化的蜡烛。

轮椅终于开上了祭坛，在空旷的圆面上开到了排险者面前。这时，太阳落下了一段时间，暗蓝色的天空中有零星的星星出现，祭坛周围的沙漠和草地模糊了。

“博士，您的问题？”排险者问。对霍金，他似乎并没有表示出比对其他人更多的尊重，他面带毫无特点的微笑，听着博士轮椅上的扩音器中发出的呆板的电子声音：

“宇宙的目的是什么？”

天空中没有答案出现，排险者脸上的微笑消失了，他的双眼中掠过了一丝不易觉察的恐慌。

“先生？”霍金问。

仍是沉默，天空仍是一片空旷，在地球的几缕薄云后面，宇宙的群星正在涌现。

“先生？”霍金又问。

“博士，出口在您后面。”排险者说。

“这是答案吗？”

排险者摇摇头：“我是说您可以回去了。”

“你不知道？”

排险者点点头说：“我不知道。”这时，他的面容第一次不仅是一个人类符号，一片悲哀的黑云涌上这张脸，这悲哀表现得那样生动和富有个性，这时谁也不怀疑他是一个人，而且是一个最平常因而最不平常的普通人。

“我怎么知道。”排险者喃喃地说。

尾声

十五年之后的一个夜晚，在已被变成草原的昔日的塔克拉玛干沙漠上，有一对母女正在交谈。母亲四十多岁，但白发已过早在出现在她的双鬓，从那饱经风霜的双眼中透出的，除了忧伤就是疲倦。女儿是一位苗条的少女，大而清澈的双眸中映着晶莹的星光。

母亲在柔软的草地上坐下来，两眼失神地看着模糊的地平线说：“文文，你当初报考你爸爸母校的物理系，现在又要攻读量子引力专业的博士学位，妈都没拦你。你可以成为一名理论物理家，甚至可以把这门学科当作自己唯一的精神寄托。但，文文，妈求你了，千万不要越过那条线啊！”

文文仰望着灿烂的银河，说：“妈妈，你能想象，这一切都来自于二百亿年前一个没有大小的奇点吗？宇宙早就越过那条线了。”

方琳站起来，抓着女儿的肩膀说：“孩子，求你别这样！”

文文双眼仍凝视着星空，一动不动。

“文文，你在听妈妈说话吗？你怎么了！”方琳摇晃着女儿，文文的目光仍被星海吸住收不回来，她盯着群星问：

“妈妈，宇宙的目的是什么？”

“啊……不——”方琳彻底崩溃了，又跌坐在草地上，双手捂着脸抽泣着，“孩子，别，别这样！”

文文终于收回了目光，蹲下来扶着妈妈的双肩，轻声问道：“那么，妈妈，人生的目的是什么？”

这个问题像一块冰，使方琳灼烧的心立刻冷了下来，她扭头看了女儿一眼，然后看着远方深思着。十五年前，就在她看着的那个方向，曾矗立过真理祭坛，再远些，爱因斯坦赤道曾穿过沙漠。

微风吹来，草海上涌起道道波纹，仿佛是星空下无际的骚动的人海，向整个宇宙无声地歌唱着。

“不知道。我怎么知道呢？”方琳喃喃地说。

2001 年 9 月 26 日于娘子关

名家点评

20世纪50年代的一部科幻小说中曾写到，20世纪数量最高的自杀人群是物理学家。因为物理学家作为当时的科学前沿触及了人类本体意义上的议题，当然这个书写背后的逻辑与宗教和信仰密切相关。对于神的追问其实是对人之疆界的追问，当人工智能的冲击威胁着各个学科、各个领域乃至于每个人生存的时候，我们有必要返回原点去追问文学的意义和科幻的意义究竟是什么。

人类共同体的生存和人类共同体的未来等问题，不仅是对于科幻而言。这是对于人文社会科学、自然科学的各个领域，对于每一个当代人来说都应该成为自问，并且尝试回答的问题。

北京大学中文系教授，文学评论家　戴锦华

“对宇宙终极真理的追求，是文明的最终目标和归宿。”而文明，是只有智慧生命才能够创造的，或者说，文明只对智慧生命存在意义。正因为这样，作为智慧生命的一种—— 人类，从整体而言，对终极问题充满了期待。从个体而言，总是能够激发出追寻终极问题的勇气与愿望。在刘慈欣的笔下，这样的个体闪烁着人性的光芒与超越现实功利的热情。他们是一些理想主义者，也是一些勇于献身的具有神性的英雄。

山西省作家协会主席，文学评论家　杜学文

刘慈欣创作谈：

这篇小说原是参加一项台湾的科幻征文的，这项征文由资深专家评奖，自然很注重文学性。这种风格变化是由于读者对象不同所致，对自己的创作而言不具有代表性。在创作风格上，我努力做到在变化的同时也要继承过去一些好的东西。

科幻小说是一种可能性的文学，描述宇宙的各种可能性，与人们通常认为的不同，科幻小说更热衷于描述那些实现几率很小的可能性，这些可能性在文学中似乎更有吸引力。比如这篇小说所描述的宇宙状态，在科学上是不太可能成为现实的，但确实很让人着迷。文学对环境的描述总是寄情于物，传统文学寄情于草木山水，科幻文学则寄情于宇宙，而宇宙与山水的不同之处在于，它的宏大远超出人类活动的范围，只能用想象来把握，因而寄托于宇宙的情感也更空灵、更哲学。

短篇

思想者

太阳

他仍记得三十四年前第一次看到思云山天文台时的感觉，当救护车翻过一道山梁后，思云山的主峰在远方出现，观象台的球形屋顶反射着夕阳的金光，像镶在主峰上的几粒珍珠。

那时他刚从医学院毕业，是一名脑外科见习医生。作为主治医生的助手，到天文台来抢救一位不能搬运的重伤员，那是一名到这里做访问研究的英国学者，散步时不慎跃下山崖摔伤了脑部。到达天文台后，他们为伤员做了颅骨穿刺，吸出了部分淤血，降低了脑压，当病人改善到能搬运的状态后，便用救护车送他到省城医院做进一步的手术。

离开天文台时已是深夜，在其他人向救护车上搬运病人时，他好奇地打量着周围那几座球顶的观象台，它们的位置组合似乎有某种晦涩的含义，如月光下的巨石阵。在一种他在以后的一生中都百思不得其解的神秘力量的驱使下，他走向最近的一座观象台，推门走了进去。

里面没有开灯，但有无数小信号灯在亮着，他感觉是从有月亮的星空走进了没有月亮的星空。只有细细的一缕月光从球顶的一道缝隙透下来，投在高大的天文望远镜上，用银色的线条不完整地勾画出它的轮廓，使它看上去像深夜的城市广场中央一件抽象的现代艺术品。

他轻步走到望远镜的底部，在微弱的光亮中看到了一大堆装置，其复杂程度超出了他的想象。正在他寻找着可以把眼睛凑上去的镜头时，从门那边传来一个轻柔的女声：

“这是太阳望远镜，没有目镜的。”

一个穿着白色工作服的苗条身影走进门来，很轻盈，仿佛从月光中飘来的一片羽毛。这女孩子走到他面前，他感到了她带来的一股轻风。

“传统的太阳望远镜，是把影像投在一块幕板上，现在大多是在显示器上看了……医生，您好像对这里很感兴趣。”

他点点头：“天文台，总是一个超脱和空灵的地方，我挺喜欢这种感觉的。”

“那您干嘛要从事医学呢？噢，我这么问很不礼貌的。”

“医学并不仅仅是琐碎的技术。有时它也很空灵，比如我所学的脑医学。”

“哦？您用手术刀打开大脑，能看到思想？”她说。他在微弱的光线中看到了她的笑容，想起了那从未见过的投射到幕板上的太阳，消去了逼人的光焰，只留下温柔的灿烂，不由心动了一下。他也笑了笑，并希望她能看到自己的笑容。

“我，尽量看吧。不过你想想，那用一只手就能托起的蘑菇状的东西，竟然是一个丰富多彩的宇宙，从某种哲学观点看，这个宇宙比你所观察的宇宙更为宏大，因为你的宇宙虽然有几百亿光年大，但好像已被证明是有限的；而我的宇宙无限，因为思想无限。”

“呵，不是每个人的思想都是无限的，但医生，您可真像是有无限想象的人。至于天文学，它真没有您想象的那么空灵，在几千年前的尼罗河畔和几百年前的远航船上，它曾是一门很实用的技术，那时的天文学家，往往长年累月在星图上标注成千上万颗恒星的位置，把一生消耗在星星的人口普查中。就是现在，天文学的具体研究工作大多也是枯燥乏味没有诗意的，比如我从事的项目，我研究恒星的闪烁，没完没了地观测记录再观测再记录，很不超脱，也不空灵。”

他惊奇地扬起眉毛：“恒星在闪烁吗？像我们看到的那样？”看到她笑而不语，他自嘲地笑着摇摇头，“噢，我当然知道那是大气折射。”

她点点头：“不过呢，作为一个视觉比喻这还真形象，去掉基础恒量，只显示输出能量波动的差值，闪烁中的恒星看起来还真是那个样子。”

“是由于黑子、斑耀什么的引起的吗？”

她收起笑容，庄严地摇摇头：“不，这是恒星总体能量输出的波动，其动因要深刻得多，如同一盏电灯，它的光度变化不是由于周围的飞蛾，而是由于电压的波动。当然恒星的闪烁波动是很微小的，只有十分精密的观测仪器才能觉察出来，要不我们早被太阳的闪烁烤焦了。研究这种闪烁，是了解恒星的深层结构的一种手段。”

“你已经发现了什么？”

“还远不到发现什么的时候，到目前为止我们还只观测了一颗最容易观测的恒星——太阳的闪烁，这种观测可能要持续数年，同时把观测目标由近至远，逐步扩展到其它恒星……知道吗，我们可能花十几年的时间在宇宙中采集标本，然后才谈得上归纳和发现。这是我博士论文的题目，但我想我会一直把它做下去的，用一生也说不定。”

“如此看来，你并不真觉得天文学枯燥。”

“我觉得自己在从事一项很美的事业，走进恒星世界，就像进入一个无限广阔的花园，这里的每一朵花都不相同……您肯定觉得这个比喻有些奇怪，但我确实有这种感觉。”

她说着，似乎是无意识地向墙上指指，向那方向看去，他看到墙上挂着一幅画，很抽象，画面只是一条连续起伏的粗线。注意到他在看什么时，她转身走过去从墙上取下那幅画递给他，他发现那条起伏的粗线是用思云山上的雨花石镶嵌而成的。

“很好看，但这表现的是什么呢？一排邻接的山峰吗？”

“最近我们观测到太阳的一次闪烁，其剧烈的程度和波动方式在近年来的观测中都十分罕见，这幅画就是它那次闪烁时辐射能量波动的曲线。呵，我散步时喜欢收集山上的雨花石，所以……”

但此时吸引他的是另一条曲线，那是信号灯的弱光在她身躯的一侧勾出的一道光边，而她的其余部分都与周围的暗影融为一体。如同一位卓越的国画大师在一张完全空白的宣纸上信手勾出的一条飘逸的墨线，仅由于这条柔美曲线的灵气，宣纸上所有的一尘不染的空白立刻充满了生机和内涵……在山外他生活的那座大都市里，每时每刻都有上百万个青春靓丽的女孩子在追逐着浮华和虚荣，像一大群做布朗运动的分子，没有给思想留出哪怕一瞬间的宁静。但谁能想到，在这远离尘嚣的思云山上，却有一个文静的女孩子在长久地凝视星空……

“你能从宇宙中感受到这样的美，真是难得，也很幸运。”他觉察到了自己的失态，收回目光，把画递还给她，但她轻轻地推了回来。

“送给您做个纪念吧，医生，威尔逊教授是我的导师，谢谢你们救了他。”

十分钟后，救护车在月光中驶离了天文台。后来，他渐渐意识到自己的什么东西留在了思云山上。

时光之一

直到结婚时，他才彻底放弃了与时光抗衡的努力。这一天，他把自己单身宿舍的东西都搬到了新婚公寓，除了几件不适于两人共享的东西，他把这些东西拿到了医院的办公室，漫不经心地翻看着，其中有那幅雨花石镶嵌画，看着那条多彩的曲线，他突然想到，思云山之行已经是十年前的事了。

人马座 α 星

这是医院里年轻人组织的一次春游，他很珍惜这次机会，因为以后这类事越来越不可能请他参加了。这次旅行的组织者故弄玄虚，在路上一直把所有车窗的帘子紧紧拉上，到达目的地下车后让大家猜这是哪儿，第一个猜中者会有一份不错的奖励。他一下车立刻知道了答案，但沉默不语。

思云山的主峰就在前面，峰顶上那几个珍珠似的球形屋顶在阳光下闪亮。

当有人猜对这个地方后，他对领队说要到天文台去看望一个熟人，然后径自沿着那条通向山顶的盘山公路徒步走去。

他没有说谎，但心里也清楚那个连姓名都不知道的她并不是天文台的工作人员，十年后她不太可能还在这里。其实他压根就没想走进去，只是想远远地看看那个地方，十年前在那里，他那阳光灿烂燥热异常的心灵泻进了第一缕月光。

一小时后他登上了山顶，在天文台的油漆已斑驳褪色的白色栅栏旁，他默默地看着那些观象台，这里变化不大，他很快便认出了那座曾经进去过的圆顶建筑。他在草地上的一块方石上坐下，点燃一支烟，出神地看着那扇已被岁月留下痕迹的铁门，脑海中一遍遍重放着那珍藏在他记忆深处的画面：那铁门半开着，一缕如水的月光中，飘进了一片轻盈的羽毛……他完全沉浸在那逝去的梦中，以至于现实的奇迹出现时并不吃惊：那个观象台的铁门真的开了，那片曾在月光中出现的羽毛飘进阳光里，她那轻盈的身影匆匆而去，进入了相邻的另一座观象台。这过程只有十几秒钟，但他坚信自己没有看错。

五分钟后，他和她重逢了。

他是第一次在充足的光线下看到她，她与自己想象的完全一样，对此他并不惊奇。但转念一想已经十年了，那时在月光和信号灯弱光中隐现的她与现在应该不太一样，这让他很困惑。

她见到他时很惊喜，但除了惊喜似乎没有更多的东西："医生，您知道我是在各个天文台巡回搞观测项目的，一年只能有半个月在这里，又遇上了您，看来我们真有缘分！"她轻易地说出了最后那句话，更证实了他的感觉：她对他并没有更多的东西，不过，想到十年后她还能认出自己，也感到一丝安慰。

他们谈了几句那个脑部受伤的英国学者后来的情况，然后他问："你还在研究恒星闪烁吗？"

"是的。对太阳闪烁的观测进行了两年，然后我们转向其它恒星，您容易理解，这时所需的观测手段与对太阳的观测完全不同，项目没有新的资金，中断了好几年，我们三年前才重新恢复了这个项目，现在正在观测的恒星有二十五颗，数量和范围还在扩大。"

"那你一定又创作了不少雨花石画。"

他这十年中从记忆深处无数次浮现的那月光中的笑容，这时在阳光下出现了："啊，您还记得那个！是的，我每次来思云山还是喜欢收集雨花石，您来看吧！”

她带他走进了十年前他们相遇的那座观象台，他迎面看到一架高大的望远镜，不知道是不是十年前的那架太阳望远镜，但周围的电脑设备都很新，肯定不是那时留下来的。她带他来到一面高大的弧形墙前，他在墙上看到了熟悉的东西：大小不一的雨花石镶嵌画。每幅画都只是一条波动曲线，长短不一，有的平缓如海波，有的陡峭如一排高低错落的塔松。

她挨个告诉他这些波形都来自哪些恒星：“这些闪烁我们称为恒星的 A 类闪烁，与其它闪烁相比它们出现的次数较少。A 类闪烁与恒星频繁出现的其它闪烁的区别，除了其能量波动的剧烈程度大几个数量级外，其闪烁的波形在数学上也更具美感。”

他困惑地摇摇头：“你们这些基础理论科学家们时常在谈论数学上的美感，这种感觉好像是你们的专利，比如你们认为很美的麦克斯韦方程，我曾经看懂了它，但看不出美在哪儿……”

像十年前一样，她突然又变得庄严了：“这种美像水晶，很硬，很纯，很透明。”

他突然注意到了那些画中的一幅，说：“哦，你又重做了一幅？”看到她不解的神态，他又说：“就是你十年前送给我的那幅太阳闪烁的波形图呀。”

“可……这是人马座 α 星的一次 A 类闪烁的波形，是在，嗯，去年 10 月观测到的。”

他相信她表现出的迷惑是真诚的，但他更相信自己的判断，这个波形他太熟悉了，不仅如此，他甚至能够按顺序回忆出组成那条曲线的每一粒雨花石的色彩和形状。他不想让她知道，在过去十年里，除去他结婚的最后一年，他一直把这幅画挂在单身宿舍的墙上。每个月总有那么几天，熄灯后窗外透进的月光足以使躺在床上的他看清那幅画，这时他就开始默数那组成曲线的雨花石，让自己的目光像一个甲虫沿着曲线爬行。一般来说，当爬完一趟又返回一半路程时他就睡着了，在梦中继续沿着那条来自太阳的曲线漫步，像踏着块块彩石过一条永远见不到彼岸的河……

“你能够查到十年前的那条太阳闪烁曲线吗？日期是那年的 4 月 23 日。”

“当然能！”她用很特别的目光看了他一眼，显然对他如此清晰地记得那日期有些吃惊。她来到电脑前，很快调出了那列太阳闪烁波形，然后又调出了墙上的那幅画上的人马座 α 星闪烁波形，立刻在屏幕前呆住了。

两列波形完美地重叠在一起。

当沉默延长到无法忍受时，他试探着说："也许，这两颗恒星的结构相同，所以闪烁的波形也相同，你说过，A 类闪烁是恒星深层结构的反映。"

"它们虽同处主星序，光谱型也同为 G2，但结构并不完全相同。关键在于，就是结构相同的两颗恒星也不会出现这样的情况。都是榕树，您见过长得完全相同的两棵吗？如此复杂的波形竟然完全重叠，这就相当于有两棵连最末端的枝丫都一模一样的大榕树。"

"也许，真有两棵一模一样的大榕树。"他安慰说，知道自己的话毫无意义。

她轻轻地摇摇头。突然又想到了什么，猛地站起来，目光中除了刚才的震惊又多了恐惧。

"天啊。"她说。

"什么？"他关切地问。

"您……想过时间吗？"

他是个思维敏捷的人，很快捕捉到她的想法："据我所知，人马座 α 星是距我们最近的恒星，这距离好像是……4光年吧。”

“1.3 秒差距，就是 4.25 光年。”她仍被震惊攫住，这话仿佛是别人通过她的嘴说出的。

现在事情清楚了：两个相同的闪烁出现的时间相距 8 年零 6 个月，正好是光在两颗恒星间往返一趟的所需的时间。当太阳的闪烁光线在 4.25 年后传到人马座 α 星时，后者发生了相同的闪烁，又过了同样长的时间，人马座 α 星的闪烁光线传回来，被观测到。

她又伏在计算机上进行了一阵演算，自语道：“即使把这些年来两颗恒星的相互退行考虑进去，结果仍能精确地对上。”

“让你如此不安我很抱歉，不过这毕竟是一件无法进一步证实的事，不必太为此烦恼吧。”他又想安慰她。

“无法进一步证实吗？也不一定：太阳那次闪烁的光线仍在太空中传播，也许会再次导致一颗恒星产生相同的闪烁。”

“比人马座 α 星再远些的下一颗恒星是……”

“巴纳德星，1.81 秒差距，但它太暗，无法进行闪烁观测；再下一颗，佛耳夫 359，2.35 秒差距，同样太暗，不能观测；再往远，莱兰 21185，2.52 秒差距，还是太暗……只有到天狼星了。”

“那好像是我们能看到的最亮的恒星了，有多远？”

“2.65 秒差距，也就是 8.6 光年。”

“现在太阳那次闪烁的光线在太空中已行走了十年，已经到了那里，也许天狼星已经闪烁过了。”

“但它闪烁的光线还要再等七年多才能到达这里。”

她突然像从梦中醒来一样，摇着头笑了笑：“呵，天啊，我这是怎么了？太可笑了！”

“你是说，作为一名天文学家，有这样的想法很可笑？”

她很认真地看着他：“难道不是吗？作为脑外科医生，如果您同别人讨论思想是来自大脑还是心脏，有什么感觉？”

他无话可说了。看到她在看表，他便起身告辞，她没有挽留他，但沿下山的公路送了他很远。他克制了朝她要电话号码的冲动，因为他知道，自己在她眼中不过是一个十年后又偶然重逢的陌路人而已。

告别后，她返身向天文台走去，山风吹拂着她那白色的工作衣，突然唤起他十年前那次告别的感觉，阳光仿佛变成了月光，那片轻盈的羽毛正离他远去……像一个落水者极力抓住一根稻草，他决意要维持他们之间那蛛丝般的联系，几乎是本能地，他冲她的背影喊道：

“如果，七年后你看到天狼星真的那样闪烁了……”

她停脚步下转过身来，微笑着回答他：“那我们就还在这里见面！”

时光之二

婚姻使他进入了一种完全不同的生活，但真正彻底改变生活的是孩子，自从孩子出生后，生活的列车突然由慢车变成特快，越过一个又一个沿途车站，永不停息地向前赶路。旅途的枯燥使他麻木了，他闭上双眼不再看沿途那千篇一律的景色，在疲倦中顾自睡去。但同许多在火车上睡觉的旅客一样，心灵深处的一个小小的时钟仍在走动，使他在到达目的地前的一分钟醒来。

这天深夜，妻儿都已睡熟，他难以入睡，一种神秘的冲动使他披衣来到阳台上。他仰望着在城市的光雾中暗淡了许多的星空，在寻找着，找什么呢？好一会儿他才在心里回答自己：找天狼星。这时他不由打了一个寒颤。

七年已经过去，现在，距他和她相约的那个日子只有两天了。

天狼星

昨天下了今年的第一场雪，路面很滑，最后一段路出租车不能走了，他只好再一次徒步攀登思云山的主峰。

路上，他不止一次地质疑自己的精神是否正常。事实上，她赴约的可能性为零，理由很简单：天狼星不可能像十七年前的太阳那样闪烁。在这七年里，他涉猎了大量的天文学和天体物理学知识，七年前那个发现的可笑让他无地自容，她没有当场嘲笑，也让他感激万分。现在想想，她当时那种认真的样子，不过是一种得体的礼貌而已，七年间他曾无数次回味分别时她的那句诺言，越来越从中体会出一种调侃的意味……随着天文观测向太空轨道的转移，思云山天文台在四年前就不存在了，那里的建筑变成了度假别墅，在这个季节已空无一人，他到那儿去干什么？想到这里他停下了脚步，这七年的岁月显示出了它的力量，他再也不可能像当年那样轻松地登山了。他犹豫了一会儿，最终还是放弃了返回的念头，继续向前走。

在这人生过半之际，就让自己最后追一次梦吧。

所以，当他看到那个白色的身影时，真以为是幻觉。天文台旧址前的那个穿着白色风衣的身影与积雪的山地背景融为一体，最初很难分辨，但她看到他时就向这边跑过来，这使他远远看到了那片飞过雪地的羽毛。他只是呆立着，一直等她跑到面前。她喘息着一时说不出话来，他看到，除了长发换成短发，她没变太多，七年不是太长的时间，对于恒星的一生来说连弹指一挥间都算不上，而她是研究恒星的。

她看着他的眼睛说：“医生，我本来不抱希望能见到您，我来只是为了履行一个诺言，或者说满足一个心愿。”

“我也是。”他点点头。

“我甚至，甚至差点错过了观测时间，但我没有真正忘记这事，只是把它放到记忆中一个很深的地方，在几天前的一个深夜里，我突然想到了它……”

“我也是。”他又点点头。

他们沉默了，只听到阵阵松涛声在山间回荡。“天狼星真的那样闪烁了？”他终于问道，声音微微发颤。

她点点头：“闪烁波形与十七年前太阳那次和七年前人

马座 α 星那次精确重叠，一模一样，闪烁发生的时间也很精确。这是孔子三号太空望远镜的观测结果，不会有错的。”

他们又陷入长时间的沉默，松涛声在起伏轰响，他觉得这声音已从群山间盘旋而上，充盈在天地之间，仿佛是宇宙间的某种力量在进行着低沉而神秘的合唱……他不由打了个寒颤。她显然也有同样的感觉，打破沉默，似乎只是为了摆脱这种恐惧。

“但这种事情，这种已超出了所有现有理论的怪异，要想让科学界严肃地面对它，还需要更多的观测和证据。”

他说：“我知道，下一个可观测的恒星是……”

“本来小犬座的南河二星可以观测，但五年前该星的亮度急剧减弱到可测值以下，可能是漂浮到它附近的一片星际尘埃所致，这样，下一次只能观测天鹰座的河鼓二星了。”

“它有多远？”

“5.1 秒差距，16.6 光年，十七年前的太阳闪烁信号刚刚到达那颗恒星。”

“这就是说，还要再等将近十七年？”

她缓缓地点点头：“人生苦短啊。”

她最后这句话触动了他心灵深处的什么东西，他那被冬风吹得发干的双眼突然有些湿润："是啊，人生苦短。"

她说："但我们至少还有时间再这样相约一次。"

这话使他猛地抬起头来，呆呆地望着她，难道又要分别十七年？！

"请您原谅，我现在心里很乱，我需要时间思考。"她拂开被风吹到额前的短发说，然后看透了他的心思，动人地笑了起来，"当然，我给您我的电话和邮箱，如果您愿意的话，我们以后常联系。"

他长长地松了一口气，仿佛缥缈大洋上的航船终于看到了岸边的灯塔，心中充满了一种难言的幸福感，"那……我送你下山吧。"

她笑着摇摇头，指指后面的圆顶度假别墅："我要在这里住一阵儿，别担心，这里有电，还有一户很好的人家，是常驻山里的护林哨……我真的需要安静，很长时间的安静。"

他们很快分手，他沿着积雪的公路向山下走去，她站在思云山的顶峰上久久地目送着他，他们都准备好了这十七年的等待。

时光之三

在第三次从思云山返回后，他突然看到了生命的尽头，他和她的生命都再也没有多少个十七年了，宇宙的广漠使光都慢得像蜗牛，生命更是灰尘般微不足道。

在这十七年的头五年里他和她保持着联系，他们互通电子邮件，有时也打电话，但从未见过面，她居住在另一个很远的城市。以后，他们各自都走向人生的巅峰，他成为著名脑医学专家和这个大医院的院长，她则成为国家科学院院士。他们要操心的事情多了起来，同时他明白，同一个已取得学术界最高地位的天文学家，过多地谈论那件把他们联系在一起的神话般的事件是不适宜的。于是他和她相互间的联系渐渐少了，到十七年过完一半时，这联系完全断了。

但他很坦然，他知道他们之间还有一个不可能中断的纽带，那就是在广漠的外太空中正在向地球日夜兼程的河鼓二的星光，他们都在默默地等待它的到达。

他和她在思云山主峰见面时正是深夜，双方都想早来些以免让对方等自己，所以都在凌晨3点多攀上山来。他们各自的飞行车都能轻而易举地到达山顶，但两人都不约而同地把车停在山脚下，徒步走上山来，显然都想找回过去的感觉。

自从十年前被划为自然保护区后，思云山成了这世界上少有的越来越荒凉的地方，昔日的天文台和度假别墅已成为一片被藤蔓覆盖的废墟，他和她就在这星光下的废墟间相见。他最近还在电视上见过她，所以已熟悉岁月在她身上留下的痕迹，但今夜没有月亮，无论怎样想象，他都觉得面前的她还是三十四年前那个月光中的少女，她的双眸映着星光，让他的心溶化在往昔的感觉中。

她说："我们先不要谈河鼓二好吗？这几年我在主持一个研究项目，就是观测恒星间A类闪烁的传递。"

"呵，我一直以为你不敢触及这个发现，或干脆把它忘了呢。"

"怎么会呢？真实的存在就应该去正视，其实就是经典的相对论和量子力学描述的宇宙，其离奇和怪异已经不可思议了……这几年的观测发现，A类闪烁的传递是恒星间的一种普遍现象，每时每刻都有无数颗恒星在发生初始的A类闪烁，周围的恒星再把这个闪烁传递开去，任何一颗恒星都可能成为初始闪烁的产生者或其它恒星闪烁的传递者，所以整个星际看起来很像是雨中泛起无数圈涟漪的池塘……怎么，你并不感到吃惊？”

“我只是感到不解：仅观测了四颗恒星的闪烁传递就用了三十多年，你们怎么可能……”

“你是个十分聪明的人，应该能想到一个办法。”

“我想……是不是这样：寻找一些相互之间相距很近的恒星来观测，比如两颗恒星A和B，它们距地球都有一万光年，但它们之相相距仅五光年，这样你们就能用五年时间观察到它们一万年前的一次闪烁传递。”

“你真的是聪明人！银河系内有上千亿颗恒星，可以找到相当数量的这类恒星对。”

他笑了笑，并像三十四年前一样，希望她能在夜色中看到自己的笑：

“我给你带来了一件礼物。”他说着，打开背上山来的一个旅行包，拿出一个很奇怪的东西，足球大小，初看上去像是一团胡乱团起的渔网，对着天空时，透过它的孔隙可以看到断断续续的星光。他打开手电，她看到那东西是由无数米粒大小的小球组成的，每个小球都伸出数目不等的几根细得几乎看不见的细杆与其它小球相连，构成了一个极其复杂的网架系统。他关上手电，在黑暗中按了一下网架底座上的一个开关，网架中突然充满了快速移动的光点，令人眼花缭乱，她仿佛在看着一个装进了几万只萤火虫的空心玻璃球。再定睛细看，她发现光点最初都是由某一个小球发出，然后向周围的小球传递，每时每刻都有一定比例的小球在发出原始光点，或传递别的小球发出的光点，她形象地看到了自己的那个比喻：雨中的池塘。

“这是恒星闪烁传递模型吗？啊，真美，难道……你已经预见到这一切？”

“我确实猜测恒星闪烁传递是宇宙间的一种普遍现象，当然是仅凭直觉。但这个东西不是恒星闪烁传递模型。我们院里有一个脑科学研究项目，用三维全息分子显微定位技术，研究大脑神经元之间的信号传递，这就是一小部分右脑皮层的神经元信号传递模型，当然只是很小很小一部分。”

她着迷地盯着这个星光窜动的球体："这就是意识吗？"

"是的，正如巨量的0和1的组合产生了计算机的运算能力一样，意识也只是由巨量的简单连接产生的，这些神经元间的简单连接聚集到一个巨大的数量，就产生了意识，换句话说，意识，就是超巨量的节点间的信号传递。"

他们默默地注视着这个星光灿烂的大脑模型，在他们周围的宇宙深渊中，飘浮着银河系的千亿颗恒星，和银河系外的千亿个恒星系，在这无数的恒星之间，无数的A类闪烁正在传递。

她轻声说："天快亮了，我们等着看日出吧。"

于是他们靠着一堵断墙坐下来，看着放在前面的大脑模型，那闪闪的荧光有一种强烈的催眠作用，她渐渐睡着了。

思想者

她逆着一条苍茫的灰色大河飞行，这是时光之河，她在飞向时间的源头，群星像寒冷的冰碛漂浮在太空中。她飞得很快，扑动一下双翅就越过上亿年时光。宇宙在缩小，群星在会聚，背景辐射在剧增，百亿年过去了，群星的冰碛开始在能量之海中溶化，很快消散为自由的粒子，后来粒子也变为纯能。太空开始发光，最初是暗红色，她仿佛潜行在能量的血海之中；后来光芒急剧增强，由暗红变成橘黄，再变为橘目的纯蓝，她似乎在一个巨大的霓虹灯管中飞行，物质粒子已完全溶解于能量之海中。透过这炫目的空间，她看到宇宙的边界球面如巨掌般收拢，她悬浮在这已收缩到只有一间大厅般大小的宇宙中央，等待着奇点的来临。终于一切陷入漆黑，她知道已在奇点中了。

一阵寒意袭来，她发现自己站立在广阔的白色平原上，上面是无限广阔的黑色虚空。看看脚下，地面是纯白色的，覆盖着一层湿滑的透明胶液。她向前走，来到一条鲜红的河流边，河面覆盖着一层透明的膜，可以看到红色的河水在膜下涌动。她离开大地飞升而上，看到血河在不远处分了叉，还有许多条树枝状的血河，构成了一个复杂的河网。再上升，血河细化为白色大地上的血丝，而大地仍是一望无际。她向前飞去，前面出现了一片黑色的海洋，飞到海洋上空时她才发现这海不是黑的，呈黑色是因为它深而完全透明，广阔海底的山脉历历在目，这些水晶状的山脉呈放射状由海洋的中心延伸到岸边……她拼命上升，不知过了多长时间才再次向下看，这时整个宇宙已一览无遗。

这宇宙是一只静静地看着她的巨大的眼睛。

……

她猛地醒来，额头湿湿的，不知是汗水还是露水。他没睡，一直在身边默默地看着她，他们前面的草地上，大脑模型已耗完了电池，穿行于其中的星光熄灭了。

在他们上方，星空依旧。

“‘他’在想什么？”她突然问。

“现在吗？”

“在这三十四年里。”

“源于太阳的那次闪烁可能只是一次原始的神经元冲动，这种冲动每时每刻都在发生，大部分像蚊子在水塘中点起的微小涟漪，转瞬即逝，只有传遍全宇宙的冲动才能成为一次完整的感受。”

“我们耗尽了一生时光，只看到‘他’的一次甚至自己都感觉不到的瞬间冲动？”她迷茫地说，仿佛仍在梦中。

“耗尽整个人类文明的寿命，可能也看不到‘他’的一次完整的感觉。”

“人生苦短啊。”

“是啊，人生苦短……”

“一个真正意义上的孤独者。”她突然没头没尾地说。

“什么？”他不解地看着她。

“呵，我是说‘他’之外全是虚无，‘他’就是一切，还在想，也许还做梦，梦见什么呢……”

“我们还是别试图做哲学家吧！”他一挥手像赶走什么似地说。

她突然想起了什么，从靠着的断墙上直起身说：“按照现代宇宙学的宇宙暴胀理论，在膨胀的宇宙中，从某一点发出的光线永远也不可能传遍宇宙。”

“这就是说，‘他’永远也不可能有一次完整的感觉。”

她两眼平视着无限远方，沉默许久，突然问道：“我们有吗？”

她的这个问题令他陷入对往昔的追忆，这时，思云山的丛林中传来了第一声鸟鸣，东方的天际出现了一线晨光。

“我有过。”他很自信地回答。是的，他有过，那是三十四年前，在这个山峰上的一个宁静的月夜，一个月光中羽毛般轻盈的身影，一双仰望星空的少女的眼睛……他的大脑中发生了一次闪烁，并很快传遍了他的整个心灵宇宙，在以后的岁月中，这闪烁一直没有消失。这个过程更加宏伟壮丽，大脑中所包含的那个宇宙，要比这个星光灿烂的已膨胀了一百五十亿年的外部宇宙更为宏大，外部宇宙虽然广阔，毕竟已被证明是有限的，而思想无限。

东方的天空越来越亮，群星开始隐没，思云山露出了剪影般的轮廓，在它高高的主峰上，在那被蔓藤覆盖的天文台废墟中，这两个年近六十的人期待地望着东方，等待着那个光辉灿烂的脑细胞升出地平线。

2002 年 7 月 24 日于娘子关

名家点评

刘慈欣与其他新生代作家的主要区别是，他从未将男女关系置于情感的中心位置（虽然他的男女情感写得细腻而成熟）。当爱情与理想、国家发生冲突时，许多人都选择了后者。同时，带着强烈为科学献身的古典主义思想的情节，在多部作品中都有突出的体现。《思想者》中给出的三个情感片段，空灵缥缈，不温不火，却从未想到转变成激烈的“拥抱和亲吻”。在他的作品中，科学的诗意永远是一种基本情调，在这一点上，刘慈欣与古典主义科幻的精神内核达成了一致。

以上关于刘慈欣科幻小说与古典主义科幻小说的一致性，并非证明他就是古典主义的模仿者。恰恰相反，在承袭古典的同时，刘慈欣的科幻小说早已走出了古典，他在尝试多种新写作上，做出了相当独特的探索。

时间给这个爱情故事一种强烈的沧桑感，而两个人所心心相印的那种宇宙的智慧，却以无限的长程反衬出人生的渺小。这样复杂的“情感——主题交叉设计”，在过去的科幻作品中，还相当少见。刘慈欣对古典主义科幻小说的发展不仅仅停留在叙事方面，在人物和人物之间的情感关系上，也有突出的体现。

南方科技大学教授，科幻作家，文学评论家　吴岩

用感人故事描述“流浪地球”和“迎击三体”，用科学精神面对“球状闪电”和“超新星纪元”；以精准笔触展示浩瀚宇宙和严酷真理；用心灵激情讴歌民族复兴和宇宙和谐。首创中国科幻三部曲模式，极大增进了文类的深度和广度。坚持不懈的展示自然界的纯美和对科学的信念，为硬科幻的回归打下坚实基础。

首届华语科幻星云奖　颁奖词

附录

刘慈欣作品创作大事记年表

1999 年 6 月，《鲸歌》（处女座短篇），《科幻世界》。

1999 年 6 月，《微观尽头》（短篇），《科幻世界》。

1999 年 6 月，《坍缩》（短篇），《科幻世界》。

1999 年 10 月，《带上她的眼睛》（短篇），《科幻世界》，获第十一届中国科幻银河奖一等奖。

2000 年 2 月，《地火》（中篇），《科幻世界》。

2000 年 7 月，《流浪地球》（中篇），《科幻世界》，获第十二届中国科幻银河奖特等奖。

2001 年 1 月，《乡村教师》（中篇），《科幻世界》，获第十三届中国科幻银河奖读者提名奖。

2001 年 1 月，《全频带阻塞干扰》（中篇），《科幻世界》，获第十三届中国科幻银河奖。

2001 年 1 月，《西洋》（短篇），收入《2001 年中国最佳科幻小说集》。

2001 年 1 月，《信使》（短篇），《科幻大王》。

2001 年 6 月，《微纪元》（中篇），《科幻世界》。

2001 年 10 月，《纤维》（短篇），《惊奇档案》。

2001 年 11 月，《命运》（短篇），《惊奇档案》。

2002 年 1 月，《中国太阳》（中篇），《科幻世界》，获第十四届中国科幻银河奖。

2002 年 1 月，《梦之海》（中篇），《科幻世界》。

2002 年 1 月，《朝闻道》（短篇），《科幻世界》，获第十四届中国科幻银河奖读者提名奖。

2002 年 2 月，《混沌蝴蝶》（短篇），《科幻大王》。

2002 年 6 月，《天使时代》（短篇），《科幻世界》。

2002 年 9 月，长篇《魔鬼积木》由福建少儿出版社出版。

2002 年 11 月，《吞食者》（短篇），《科幻世界》，获第十四届中国科幻银河奖读者提名奖。

2003 年 1 月，长篇《超新星纪元》由作家出版社出版。

2003 年 3 月，《诗云》（中篇），《科幻世界》，获第十五届中国科幻银河奖读者提名奖。

2003 年 8 月，《光荣与梦想》（中篇），《科幻世界》。

2003 年 9 月，《地球大炮》（中篇），《科幻世界》，获第十五届中国科幻银河奖。

2003 年 12 月，《思想者》（短篇），《科幻世界》，

获第十五届中国科幻银河奖读者提名奖。

2004 年 3 月，《圆圆的肥皂泡》（短篇），《科幻世界》，

获第十六届中国科幻银河奖读者提名奖。

2004 年 6 月，长篇《当恐龙遇见蚂蚁》由北京少儿出版社出版，

后更名为《白垩纪往事》。

2004 年 7 月，长篇《球状闪电》由四川科学技术出版社出版。

2004 年 12 月，《镜子》（中篇），《科幻世界》，

获第十六届中国科幻银河奖。

2005 年 1 月，《赡养上帝》（中篇），《科幻世界》。

2005 年 8 月，《欢乐颂》（中篇），《九洲幻想》。

2005 年 11 月，《赡养人类》（中篇），《科幻世界》，

获第十七届中国科幻银河奖。

2006 年 1 月，《山》（中篇），《科幻世界》。

2006 年 5—8 月，长篇《三体》在《科幻世界》连载。

2007 年 1—12 月，在《世界科幻博览》雨果奖作品评论专栏

撰写评论文章十二篇。

2007 年 7 月，长篇《三体》获第十八届中国科幻银河奖特别奖。

2007 年 9 月，《西风百年——浅论外国科幻对中国科幻文学

的影响》（文论），《科幻世界》。

2008 年 1 月，长篇《三体》由重庆出版社出版。

2008 年 2 月，《月夜》（短篇），《生活》。

2008 年 5 月，长篇《三体Ⅱ：黑暗森林》由重庆出版社出版。

2009 年 7 月，《超越自恋——科幻给文学的机会》（文论），《山西文学》。

2010 年 1 月，《2018 年第 4 月 1 日》（短篇），收入小说集《时光尽头》（花山出版社）；《人生》（短篇），收入小说集《时光尽头》（花山出版社）。

2010 年 2 月，《太原之恋》（短篇），收入《九州幻想·赍书铁卷》（新世界出版社）。

2010 年 4 月，《时间移民》（短篇），收入小说集《微纪元》（沈阳出版社）。

2010 年 10 月，刘慈欣获首届全球华语科幻星云奖最佳科幻作家奖金奖。

2010 年 11 月，长篇《三体Ⅲ：死神永生》由重庆出版社出版。

2010 年 11 月，《重返伊甸园——科幻创作十年回顾》（文论），《南方文坛》。

2010 年 11 月，长篇《超新星纪元》获 2007–2009 年度赵树理文学奖·儿童文学奖。

2011 年 1 月，长篇《三体Ⅲ：死神永生》获 2010 年《当代》长篇小说年度佳作。

2011 年 5 月，哈佛大学王德威教授在北京大学发表演讲《从鲁迅到刘慈欣》。

2011 年 7 月，长篇《三体Ⅲ：死神永生》获第二十二届中国科幻银河奖特别奖。

2011 年 7 月，长篇《三体Ⅲ：死神永生》获第二届中文幻想星空奖最佳中长篇小说奖；刘慈欣获第二届中文幻想星空奖特别贡献奖。

2011 年 10 月，长篇《三体Ⅲ：死神永生》获第二届全球华语科幻星云奖最佳长篇科幻小说奖金奖；刘慈欣获第二届全球华语科幻星云奖最佳科幻作家奖金奖。

2012 年 3 月，中短篇小说《微纪元》《诗云》《梦之海》《赡养人类》在《人民文学》发表。

2012 年 4 月，刘慈欣赴英国参加伦敦书展。

2012 年 9 月，《赡养上帝》获得首届柔石小说奖短篇小说金奖。

2013 年 4 月，长篇《三体》获首届西湖·类型文学双年奖金奖。

2013 年 7 月，长篇《三体Ⅲ：死神永生》获第九届全国优秀儿童文学奖·科幻文学奖。

2013 年 8 月，美国科幻类文学出版社托尔宣布即将出版《三体》第一部英文版。

2014 年 3 月，《刘慈欣谈科幻》由湖北科学技术出版社出版。

2014 年 11 月，长篇《三体》（英文版）正式发售。

2015 年 5 月，刘慈欣赴美国参加纽约书展。

2015 年 8 月，《三体》（英文版）获第七十三届世界科幻大会雨果奖最佳长篇故事奖。

2015 年 12 月，《最糟的宇宙和最好的地球——刘慈欣科幻评论随笔集》由四川科学技术出版社出版。

2016 年 2 月，《不可共存的节日》（短篇），发表于新媒体《不存在日报》。

2016 年 3 月，刘慈欣获影响世界华人大奖；当选为山西省作家协会副主席。

2016 年 10 月，刘慈欣获第六届全球华语科幻星云奖最高成就奖。

2016 年 11 月，刘慈欣获第二十六届中国科幻银河奖特别功勋奖。当选为中国作家协会全国委员会委员。

2017 年 6 月，《三体Ⅲ：死神永生》（英文版）获 2017 年度轨迹奖最佳长篇科幻小说奖。

2018 年 8 月，《黄金原野》（中篇），收入小说集《十二个明天》（北京联合出版社）。

2018 年 11 月，刘慈欣获美国克拉克想象力服务社会奖；赴美参加颁奖典礼并发表英文演讲；长篇小说《球状闪电》英文版在美发售。

2019 年 2 月，根据刘慈欣同名小说改编的电影《流浪地球》上映，取得 46 亿元票房。

2019 年 11 月，刘慈欣获第三十届中国科幻银河奖名人堂特别荣誉。

2019 年 11 月，电影《流浪地球》获第三十二届中国电影金鸡奖最佳故事片，刘慈欣出席颁奖典礼。